KB191179

너를 아끼며 살아라

나태주 지음

너를 아끼며 살아라

나태주 시인이
들려주는
가장 소중한 말

더블북

너를 아껴라

나태주

네가 가진 것을 아껴라

해와 달이 하나이듯이

세상에 너는 너 하나,

너 이전에도 너는 없었고

너 이후에도 너는 없을

너는 너 하나

많은 꽃과 나무 가운데

똑같은 꽃과 나무는 하나도 없듯이

세상의 많은 사람 가운데

나는 너 하나

하나밖에 없는 소중한 존재

세상의 그 무엇을 주고서도

너와 바꿀 순 없다

세상을 다 주고서도

너를 대신할 순 없다

세상의 어떤 값진 것으로도
너를 얻을 수는 없다
네가 가진 것을 아껴라
너의 결점과 너의 장점,
너의 좌절과 너의 승리
너의 뜨거움과 그리움
너의 깨끗함을 아껴라.

내겐 너무 특별한 책

이 책은, 내게는 매우 특별한 의미를 지닌 책입니다. 어록집語錄集 성격의 책인데 내가 아직 죽지 않은 사람인데 이런 책이 나와서 특별한 생각이 들고 내가 정말 이런 책을 내도 좋은가 싶어서 한편으로 민망한 생각이 들기도 합니다.

나아가 이 책은 나 혼자만의 책이 아닙니다. 평소 가까이 지내면서 여러 차례 일을 같이 해온 에디터가 손수 내용을 찾아내고 다듬고 편집해서 만든 책이기에 단독으로 만든 책이 아니라 공동으로 만든 책이라고도 볼 수 있습니다.

그렇습니다. 이 책에 나온 내용들은 내가 방송과 유튜브와 인터뷰 같은 데에서 한 말들을 조심스럽게 모으고 거기에 질서를 주어서 에디터가 지난 한 해 동안 정성껏 편집한 책입니다. 이 얼마나 고마운 일인지요. 이렇게 사람은 혼자의 힘만으로는 살아갈 수 없는 존재인가 싶습니다.

어쨌든 팔순을 넘긴 사람의 인생 체험 이야기니, 깜냥대로 젊은 친구들의 인생에 도움이 되었으면 좋겠다는 생각을 해봅니다. 인생은 10분이나 15쯤 상영이 된 영화를 보는 것 같다고 말한 사람이 있습니다. 그 지나간 10분이나 15분의 영화의 몫을 이 책이 해주었으면 참 좋겠습니다.

다시금 더블북 출판사 식구들에게 아름다운 신세를 지고 말았습니다. 감사합니다.

2025년 초여름
나태주 씁니다.

차례

／ 자기를 사랑하고
자신이 원하는 일을 하세요

2 인생의 가로등이 켜지는 시간

7　나로 시작해서
　　너로 넓어지는 삶이 되기를

지금 모습 그대로 너는 충분히 예쁘고

가끔은 실수하고 서툴러도 너는 사랑스런 사람이란다

지금 그대로 너 자신을 아끼고 사랑해라

1 자기를 사랑하고
자신이 원하는 일을 하세요

지베르니, 봄의 풍경
Effect of Spring, Giverny (1890)
Claude Monet

좋아하는 일을 하라

잘하는 일을 하면 자존심이 높아지지만, 좋아하는 일을 하면 자존감이 높아집니다. 하지만 지금의 나는 내가 잘하는 일을 하기에는 한없이 부족하다고 느낍니다. 남들처럼 타고난 재능이 있는 것도 아니고요.

중요한 것은 내가 좋아하는 일을 할 때 남을 의식할 필요가 없다는 것입니다. 남과 비교하거나 경쟁하지 마세요. 누가 뭐라 해도 묵묵히 내가 가고 싶은 길을 가면 됩니다.

세 가지 삶

세 가지 삶이 있습니다. 살아지는 삶, 살아가는 삶, 살아내는 삶. 이 중에서 가장 나쁜 것은 살아지는 삶입니다. 에스컬레이터를 타듯 편하게 살아가려 하지 말고, 걸어 올라가세요. 힘들다면 한 발짝 내딛고 쉬어가며 살아내세요.

살아지고, 살아가고, 살아내는 삶 속에서 우리는 삶이 축복이고 아름다움이며 눈부신 것임을 알 수 있습니다. 그러니 어떤 경우에도 이 삶을 끝까지 잘 살아내는 것이 중요합니다.

시인이 아니면 아무것도 되지 않겠다

『데미안』의 작가 헤르만 헤세는 14살 때 "시인이 아니면
아무것도 되지 않겠다"고 선언했습니다.

나는 15살이 되던 해, 그 글귀를 접하고 큰 충격을 받았습
니다. 아마 그런 단호한 의지 덕분에 헤세는 자기의 길을
찾을 수 있었던 것 같습니다. 그는 작가로서 많은 저작을
남겼고 지금껏 인류에 영혼의 메시지를 남긴 문호로 기억
되고 있습니다.

즐기는 삶을 살아야 한다

공자가 이런 말을 했습니다. '지지자는 불여호지자요, 호지자
는 불여락지자'라. 子曰. 知之者, 不如好之者, 好之者, 不如樂之者.
"도道를 아는 자가 좋아하는 자만 못 하고, 좋아하는 자가
즐거워하는 자만 못 하다." 그러므로 인생의 목표는 아는
것을 넘어서 좋아하는 것으로, 결국 즐기는 것이 돼야 한
다는 말입니다.

궁극적으로 인생은 즐거워야 합니다. 이것은 인류의 스승
인 공자의 가르침이기도 합니다. 하지만 우리는 그 조건을
건너뛰고 지자知子의 수준에만 머물러 허둥대면서 살아갑
니다. 지식인으로서, 또는 지적으로 평가받기 위해서 살아
가는 사람이 대부분입니다.

성급히 자신이 불행하다고 느끼기 전에 자기가 갖고 있는
작은 것의 가치를 발견하고 그것에 대해 감사하는 마음을
느껴야 합니다. 그리고 내 곁에 다른 사람에게도 그것을
느끼도록 도와주세요.

행복의 조건

삶의 질을 판단하는 것은 행복지수입니다. 기쁨을 느끼는 빈도가 많은 삶이 질적으로도 수준이 높은 인생이라는 겁니다.

추상명사에도 그것을 성립시키는 순서가 있습니다. '행복' 앞에는 '기쁨'이 있고, '기쁨' 앞에는 '만족'이 있습니다. 그리고 '만족' 앞에는 바로 '감사'가 있어야 합니다. 자기가 누리고 있는 것, 혹은 이미 갖고 있는 것에 대해 만족하고 감사하고 기뻐할 때 행복은 반드시 찾아옵니다.

'저녁때 돌아갈 집이 있다는 것' 그걸 깨닫는 순간 이미 행복이 가까이에 있는 것이고, '외로울 때 혼자서 부를 노래가 있다는 것'을 아는 순간 우리는 이미 행복한 사람입니다.

＊

『이솝 우화』를 쓴 작가 이솝은
매사에 감사하는 마음을 지닌 사람이야말로.
고귀한 영혼을지닌 사람이라고 말했습니다.
감사하는 마음으로 세상을 바라보면
세상도 내게 친절을 베푼다고 해요

어린 벗에게

그렇게 너무 많이
안 예뻐도 된다
그렇게 꼭 잘하려고만
하지 않아도 된다
지금 모습 그대로 너는
충분히 예쁘고
가끔은 실수하고 서툴러도 너는
사랑스런 사람이란다
지금 그대로 너 자신을
아끼고 사랑해라.

반갑고 고맙고 기쁘다

논어를 읽다 보면 기쁨을 뜻하는 '열悅'과 즐거움을 뜻하는 '낙樂'을 자주 접하게 됩니다. 이는 기쁨과 즐거움이 인생에서 얼마나 중요한지를 보여줍니다. 우리의 일상이 아무리 힘들더라도 이 마음을 잃지 말고 살아가야 합니다. 그렇게 노력하면 좋은 마음이 생기고 행복한 삶을 누릴 수 있을 것입니다.

내가 평생 좋아하는 구상 선생의 시 「꽃자리」를 에 이런 구절이 있습니다.

반갑고 고맙고 기쁘다.
앉은 자리가 꽃자리니라!

우리나라 사람들은 외적으로는 자신을 높이지만, 내적으로는 자존감이 낮은 경향이 있습니다. 위의 시는 자신의 처지를 가시방석으로 여기지만, 실상은 꽃자리라는 것을 잊지 말라는 깨달음을 줍니다. 이 시에 두 번이나 나오는 문장이 '반갑고 고맙고 기쁘다.'입니다. 이것이 우리 인생의 요체입니다. 반갑다 고맙다 기쁘다. 우리는 이 감정을 잊지 말아야 합니다.

자기 자신을 사랑한다는 것

자기 자신을 사랑하기는 참 어려운 일입니다. 나도 젊은 시절, 나 자신을 몹시 싫어했습니다. 내가 가진 모든 조건이 싫었고, 아버지와 집안에 대해서도 불만이 가득했습니다. 왜 하필 이런 집안에 태어났을까, 하늘의 운명을 원망하곤 했습니다. 하지만 나이가 들어가면서 그런 생각들이 조금씩 바뀌기 시작했습니다. 물론, 황금 같은 젊은 시절이 지난 후 장년기에 접어들면서 마음의 변화가 생긴 것입니다.

자존감은 서서히 찾아오는 감정입니다. 인생을 살아가며 넘어지고 다치고 상처를 입으면서 다시 일어나고 새로운 출발을 해보아야 비로소 단단한 내면이 형성됩니다.

일, 사랑, 꿈에 대하여

칸트는 행복의 세 가지 고전적인 정의로 첫째, 자신이 하는 일, 둘째, 사랑하는 대상, 셋째, 소망(꿈)을 제시했습니다. 즉, 일, 사랑, 꿈 이 세 가지 요소가 행복의 기본적인 조건이라고 이야기했습니다.

15세 때 사범학교에 다니던 저는 예쁜 여학생을 짝사랑했습니다. 고백도 못 하고 3년을 끙끙 앓다가, 좋아하는 마음을 표현하지 않으면 죽을 것 같아 시를 쓰기로 결심했습니다. 그때 저는 세 가지 꿈을 꾸었습니다. 첫째, 시인이 되자. 둘째, 예쁜 여자와 결혼하자. 셋째, 공주에서 살자.

그 꿈을 이루기 위해 평생 노력했습니다. 1971년에 시인이 되었지만, 끊임없이 책을 내고 노력했습니다. 200권이 넘는 책을 낸 것도 시인이 되기 위한 꿈을 포기하지 않은 결과입니다.

예쁜 여자와 결혼하겠다는 꿈도 어느 정도 이루었습니다. 지금 아내는 제게 너무나 소중한 사람입니다. 키가 큰 아내 덕분에 아이들도 훤칠하게 잘 자랐으니, 목적을 달성한 셈입니다. 공주에서 살겠다는 꿈 역시 이루었습니다. 공주 사람들이 저를 공주문화원장으로 받아들여 8년 동안 지역을 위해 봉사할 수 있었습니다. 저는 세 가지 꿈을 이루었고, 지금도 그 꿈을 이루어 가는 과정에 있습니다.

자존감과 자존심

자존감과 자존심은 다른 감정입니다. 자존감은 스스로를 높이고 존중하는 것이고, 자존심은 세상에 나가서 남들과 비교하며 느끼는 우월감입니다. 자존심은 주로 낮에 작용하고, 자존감은 밤에 활약합니다. 세상에 어둠이 깃들고 밤이 찾아오면, 자신의 본모습을 그대로 인정하고 좋아하는 일을 어떻게 할 것인지 고민해 보세요. 진정으로 좋아하는 일을 하다 보면 자존감도 자연스럽게 상승하게 됩니다.

✳

나는 누구보다 소중한 사람입니다.
그리고 나는 가치 있는 사람입니다.
스스로를 칭찬하고 격려해 주세요.

다시 중학생에게

사람이 길을 가다 보면
버스를 놓칠 때가 있단다

잘못한 일도 없이
버스를 놓치듯
힘든 일 당할 때가 있단다

그럴 때마다 아이야
잊지 말아라

다음에도 버스는 오고
그다음에 오는 버스가 때로는
더 좋을 수도 있다는 것을!

어떠한 경우라도 아이야
너 자신을 사랑하고
이 세상에서 가장 귀한 것이
너 자신임을 잊지 말아라.

작고 단단한 꿈

나는 소년들에게 큰 야망을 품어라, 하고 말하지 않습니다. 작고 분명한 꿈, 실현 가능한 꿈, 간절히 이루고 싶은 꿈을 가지라고 말하고 싶습니다. 15세 때, 저는 한 여학생에게 반했는데, 그 마음을 표현할 길이 없어 시인이 되고 싶었습니다. 표현하지 않으면 죽을 것 같았기 때문입니다. 세상에서 가장 중요한 것은, 바로 살아남는 것입니다. 그 다음은 행복하게, 사랑하며 사는 것이지요. 나는 이 세 가지가 전부라고 생각합니다. 그래서 나는 살기 위해 시인이 되고 싶었고, 그 마음은 15세부터 지금까지 변함없습니다. 단 하루도 시를 생각하지 않은 날이 없었고, 시를 읽지 않은 날이 없을 정도로 시를 가까이하며 살아왔습니다. 그 작은 소망이 오늘날 나를 살아있게 한 것이지요.

성공의 비밀 열쇠

언젠가 티브이 방송에서 도올 김용옥 교수가 한 말입니다. '인생이란 어린아이로 태어나 한동안 어른으로 살다가 다시 어린아이로 돌아가는 전 과정이다.'

나는 이 말이 시인의 일생을 의미하는 것 같습니다. 시인 가운데 가장 좋은 시인은 '늙은 아이와 같은 시인'입니다.

나는 단 한 번도 내가 시를 잘 쓰는 사람이라고 생각해 본 적이 없습니다. 다만 나는 누구보다 시 쓰기를 좋아하는 사람이라고 자신 있게 말할 수 있습니다. 어린아이처럼 마냥 철없이 좋아할 뿐입니다. 만일 내가 일찍이 시인으로서 많은 사람들에게 높이 인정받고, 스스로도 그렇게 생각했다면 지금처럼 오랫동안 평생에 거쳐 시를 쓰며 사는 사람이 되지는 못했을 것입니다.

나는 이것이 진정한 의미의 '재능'이라고 생각합니다. 재능이란 잘하는 능력만으로 발전할 수 있는 기능이 아닙니다. 거기에 덧붙여 진심으로 좋아하고 즐기는 마음이 있어야 합니다. 이것이 바로 '열정'입니다. 열정이야말로 성공의 문을 여는 비밀 열쇠입니다.

가슴속에 별을 간직하라

사람에겐 사람마다 태어나면서 제각기 가야 할 길이 있습니다. 그 길을 더듬어 찾아가는 것이 인생이고,
그 길을 그런대로 잘 찾아가는 사람이 가슴속에 별이 있는 사람입니다.
그런 사람의 인생이야말로 성공한 인생입니다.

너는 별이다

남을 따라서 살 일이 아니다
네 가슴에 별 하나
숨기고서 살아라
끝내 그 별 놓치지 마라
네가 별이 되어라.

성장이란 긍정적인 방향이다

러시아의 대문호 톨스토이는 50세까지 부와 명예, 권력, 건강까지 모든 것을 누리며 자유분방하게 살았습니다. 어린 아내를 맞이하여 13명의 자녀를 둘 정도로 건강했지만, 방탕한 생활도 했다고 합니다. 그러던 어느 날, 50세가 되자 그는 자신의 삶을 멈추고 깊은 성찰에 잠겼습니다.

고뇌 끝에 그가 내린 인생의 결론은 바로 "인생은 성장이다, 좋은 방향으로 변화하는 것이다"였습니다. 톨스토이는 성장이 인간이 추구해야 할 가장 중요한 목표라고 여겼습니다. 즉, 톨스토이에게 성장이란 퇴보가 아닌 긍정적인 방향으로 나아가는 것을 의미했던 것이지요.

가지 않은 길

단풍 든 숲속에 두 갈래 길이 있었습니다.
한 몸으로 두 갈래 길을 다 갈 수 없는 나는
안타까운 마음으로 한참 동안 서서
참나무 숲속으로 접어든 한쪽 길을
끝 간 데까지 바라다보았습니다.

그러다가 하는 수 없이 한쪽 길을 택했지요.
그 길은 풀이 더 우거지고 사람들이
걸은 흔적이 적었기 때문이지요.
내가 그 길을 걸음으로 해서 그 길도 나중에는
다른 쪽 길과 거의 같아질 것이겠지만 말입니다.

서리 내린 나뭇잎 위에는 아무런 발자국도 없었고
두 길은 그날 아침 똑같이 멀리 뻗어 있었습니다.
아, 다른 쪽 길은 뒷날에 다시 걸어보리라! 생각했지요.
길은 길에 이어져 끝이 없으므로
내가 여기 다시 돌아올 날을 의심하면서 말입니다.

오랜 세월이 흐른 다음,

나는 한숨을 쉬면서 말할 것입니다.

숲속으로 두 갈래의 길이 있었노라고,

나는 사람이 덜 다닌 길을 택하였노라고,

그것으로 하여 모든 것들이 달라지고 말았노라고, 말입니다.

　　　　　　　　　　　　　　　　　　－로버트 프로스트

미국의 국민시인으로 불렸던 로버트 프로스트의 시입니다. 그는 케네디 대통령 취임식 때 축시를 읽은 것으로도 유명합니다.

이 시처럼 인생이란 것은 누구에게나 '가지 않은 길'이고 '이미 지나쳐 버린 길'이기도 합니다. 프로스트의 길이 선택과 갈등에 대한 것이라면 나의 길은 부정과 긍정에 관한 것입니다. '가지 말라는데 가고 싶은 길이 있다.' 누구도 권장하지 않았고 칭찬해 주지도 않았던 길입니다. 시를 쓰는 일이 그랬습니다. 내가 하고 싶어서 한 일입니다. 평생 그랬습니다.

그리움

가지 말라는데 가고 싶은 길이 있다
만나지 말자면서 만나고 싶은 사람이 있다
하지 말라면 더욱 해보고 싶은 일이 있다
그것이 인생이고 그리움
바로 너다.

✳

어떤 길을 가든 괜찮습니다.

중요한 것은 그 길 위에서 자신을 잃지 않는 것입니다.

비록 꿈꾸었던 길을 가지 못했더라도

내 가치는 그대로입니다.

What이 아니라 How가 중요하다

인생에서 중요한 것은 '무엇'을 하느냐What가 아니라 '어떻게' 하느냐How라고 생각합니다. 아무리 높은 지위에 있고 강력한 힘을 가진 사람이라 할지라도, 그 힘을 잘못된 방식으로 사용한다면 오히려 해가 될 수 있습니다. 특히 말하는 사람보다 듣는 사람을 존중하는 자리에서는 더욱 그렇습니다. 진실하게 소통하고 거짓 없이 진심을 전하는 것이 중요하며, 형식적인 말이나 무성의한 태도는 지양해야 합니다. 결과도 중요하지만, 그 과정을 어떻게 만들어 가느냐가 더욱 중요하다고 믿습니다.

희망은 살기 위한 노력이다

아우슈비츠 수용소에 유대인들이 갇혔을 때 희망을 가진 사람은 결코 죽지 않았습니다. 희망은 어떻게 생길까요? 가슴에 사랑하는 사람을 담고, 마음에 새겨야 합니다. 사랑은 호기심, 믿음, 존경이 있어야 합니다. 하지만 대부분의 사랑은 호기심 정도로 끝나버리는 것 같습니다.

믿음과 존경을 품어야 사랑이 완성됩니다. 그러면 살아갈 이유가 생깁니다.

자기다움

나는 스스로를 '자발적 고독자'라 부릅니다. 스스로 혼자가 되는 것을 선택했기 때문입니다. 혼자서 자기 길을 가는 사람은 반드시 무엇인가를 이룹니다. 요즘 사람들은 혼자가 되는 것을 두려워합니다. 그래서 주관 없이 타협하거나 부러지고 좌절합니다. 그러다 보면 끝내 자기를 잃고 맙니다.

무엇보다 자기를 찾는 것이 가장 중요한 일이라고 말하고 싶습니다. 자기다움을 찾고, 스스로 자기 길을 가고 빛나는 삶을 사는 게 중요합니다.

네가 가진 것을 아껴라
너의 결점과 너의 장점,
너의 좌절과 너의 승리
너의 뜨거움과 그리움
너의 깨끗함을 아껴라

'언젠가 다시 저 불빛이 꺼져 있겠지.
불이 켜질 때처럼 불이 꺼지는 순간도 거짓말 같을 것이다.'
우리 인생에도 기적처럼 불이 다시 켜지는 순간이
반드시 온답니다.

인생의 가로등이
켜지는 시간

밀밭에서
Champ De Blé (1881)
Claude Monet

괜찮아

괜찮아 서툴러도 괜찮아
서툰 것이 인생이란다
조금쯤 틀려도 괜찮아
조금씩 틀리는 것이 인생이란다
어찌 우리가 모든 걸
미리 알고 세상에 왔겠니!
아무런 준비도 없이
세상에 온 우리
아무런 연습도 없이
하루하루 사는 우리
경기하듯 연습을 하고
연습하듯 경기하란 말이 있단다
우리 그렇게 담담하게
하루하루 순간순간을 살자
틀려도 괜찮아
조금쯤 서툴러도 괜찮아.

사소한 것들의 소중함

인생의 터닝포인트는 병, 실패, 시련, 그리고 여행이 준다고 생각합니다. 하지만 병이나 시련, 실패는 위험할 수 있습니다. 그래서 여행을 많이 하는 것이 좋을 것 같습니다. 나는 50대 때 외국 여행을 처음 다녀왔습니다. 여행지에서 다른 세상을 돌아다니다 보면, 자연스럽게 내가 살던 곳이 그리워지곤 합니다. 비록 시간과 돈을 낭비한 것처럼 느껴지지만, 그 덕분에 '내 가족, 친구, 베개, 침대, 슬리퍼가 이렇게 소중하구나' 하는 깨달음을 얻을 수 있지요. 여행을 가면 몸이 기억하는 것들의 소중함을 배울 수 있습니다.

의미 없는 인생은 없다

오래전 내게도 가난하고 춥고 배고픈 시절이 있었습니다. 그때는 어디를 가도 환대를 받지 못하는 인생이었지요. 내가 좋아했던 여성들은 아무도 나를 선택해 주지 않았습니다. 나는 키도 작고 인물도 별로인 데다 가진 것도 없었으니까요.

사랑했던 한 여자에게 버림받는 순간 나는 시를 써서 시인이 되었고, 한 여자에게 요행히 선택받아 남편이 되었습니다. 지나고 보니 어떤 실패도, 어떤 인생도 의미가 없었던 시간은 없었습니다.

실패한 인생에도 의미가 있었던 거지요.

길을 잃었을 때

나는 촌사람. 서울 시내를 걷다가 길을 잃어버리면 언제나 서울역을 찾아 다시 돌아오곤 합니다. 거기서부터 다시 시작합니다.

오래전부터 '서울역 찾기'가 길을 걷는 이유가 되었습니다. 아무 곳에서든 틈만 나면 걸었습니다. 길을 걷다 보면 나 자신과 만날 수 있고 나와 이야기할 수 있어서 좋았습니다.

끝없이 걷다 보면 차차로 나는 내 안으로부터 울려 나오는 내 자신의 목소리를 듣게 됩니다. 호수의 밑바닥 깊은 어둠으로부터 들려오는 목소리입니다. 귀를 기울이며 나의 목소리를 듣는 일, 이것이 시작입니다.

너무 잘하려고 애쓰지 마라

너, 너무 잘하려고 애쓰지 마라
오늘의 일은 오늘의 일로 충분하다
조금쯤 모자라거나 비뚤어진 구석이 있다면
내일 다시 하거나 내일
다시 고쳐서 하면 된다
조그마한 성공도 성공이다
그만큼에서 그치거나 만족하라는 말이 아니고
작은 성공을 슬퍼하거나
그것을 빌미 삼아 스스로를 나무라거나
힘들게 하지 말자는 말이다
나는 오늘도 많은 일들과 만났고
견딜 수 없는 일들까지 견뎠다
나름대로 최선을 다한 셈이다
그렇다면 나 자신을 오히려 칭찬해 주고
보듬어 껴안아 줄 일이다
오늘을 믿고 기대한 것처럼
내일을 또 믿고 기대하라
오늘의 일은 오늘의 일로 충분하다
너, 너무 잘하려고 애쓰지 마라.

오늘도 고생이 많았습니다.
하루의 무게를 잘 견뎌낸 나에게
기특하고 대견하다고 말해주고 싶습니다.

무엇을 위해 살 것인가

할리우드의 전설적인 여배우 메릴린 먼로Marilyn Monroe는 20세기 문화의 아이콘으로 널리 알려진 인물입니다. 그야말로 전 세계 남성들의 마음을 사로잡고 설레게 한 배우였습니다. 세계에서 가장 매혹적이고 예쁜 외모로 큰 부러움을 받은 존재이기도 했지요. 하지만 메릴린은 불우했던 어린 시절의 트라우마로 여러 번의 결혼을 반복하다가 끝내 자살로 생을 마감했습니다. 이 소식을 접한 전 남편 조 디마지오는 이렇게 말했습니다.

"그녀는 세상을 살며 필요한 모든 것을 가진 여자였다. 하지만 그녀에게는 '무엇을 위해 살 것인가' 하는 인생의 목표가 없었다."

잘 살기 위해서는 물질적인 풍요로움도 필요하지만, 그보다 먼저 인생의 목표와 꿈이 있어야 합니다. 그래야 마음의 공허와 갈증을 다스릴 수 있습니다. 지금 나는 무엇을 위해 살고 있나요?

거절해 줘서 고마워요

내가 처음 시를 쓰게 된 계기는 이루지 못한 첫사랑 때문이었습니다. 처음 쓴 시가 연애 시였던 셈입니다. 그 시를 연모하던 한 여학생에게 보냈는데 답장은 여학생의 아버지로부터 받았습니다. 이런 내용이 적혀 있었습니다.

> 편지 잘 받았네. 그런데 학생이 공부는 하지 않고 이런 편지나 쓰면 되겠는가. 서천 읍내에 한 번 나오면 내가 만나주겠네.

놀라서 곧장 편지를 잘게 찢어 풀숲에 버렸습니다.
사범학교를 졸업한 후 초등학교 교사가 되어 근무하다가 군대에 다녀와, 스물여섯 살에 나는 다시 새로운 사랑을 하게 됐습니다. 같은 학교에서 근무하던 한 여선생님이었습니다. 그때도 다시 혹독하게 거절당했습니다. 그리고 쓴 시가 1971년 신춘문예에 당선되어 나를 시인의 길로 초대한 「대숲 아래서」란 시입니다. 실연의 아픔이 녹아 있는 시였습니다. 어제는 보고 싶다 편지 쓰고 / 어젯밤 꿈엔 너를 만나 쓰러져 울었다 / 자고 나니 눈두덩엔 메마른 눈물자

죽, / 문을 여니 산골엔 실비단 안개. …… 모두가 내 것만
은 아닌 가을, / 해 지는 서녘 구름만이 내 차지다 ……

그 시절의 눈물과 고통이 없었더라면 오늘의 나는 아마 존
재하지도 않았을 겁니다. 거절당한 것이 때로는 인생의 축
복이 될 수도 있습니다.

무명 시절

지금 대부분의 사람은 나를 '베스트셀러 시인'으로 기억합니다. 하지만 나는 책을 많이 판 베스트셀러 저자이기 전에, 출판사로부터 밥 먹듯 거절을 당했던 설움 많은 무명시인이었습니다. 그때는 내 돈을 들여서 책을 만드는 소위 '자비 출판'을 하기도 했습니다. 헤르만 헤세도 어떤 글에서 비슷한 고백을 했던 것으로 기억합니다. 젊은 작가 시절에 출판사로부터 끊임없이 거절당했다고요. 지금 서러워도 조금만 참아보세요. 곧 활짝 피는 날이 옵니다.

어려운 시절은 곧 지나갑니다.
계절이 바람의 방향을 바꾸듯 불운은
어느 날 행운이 되어 찾아올 것입니다.
부디 힘내시길 바랍니다.

문을 닫고 공부하라

난세에 영웅이 나온다지만 꼭 그렇지도 않습니다.
폐문독서閉門讀書. 세상이 어지러울 때는 문을 닫고 공부하
는 게 낫습니다. '난세엔 등에 뿔난 사람이 산다'고도 합니
다. 등에 지게를 진 사람이 살아남는다는 뜻입니다. 세상이
어떻든, 저마다 자기 일에 최선을 다하는 게 먼저입니다.

희망은 사라지지 않는다

말기의 행성인 지구, 말기의 인생인 나. 하지만 나는 지구에도 나의 인생에게도 희망을 버리지 않습니다. 희망은 사랑이란 말과의 동의어. 가슴속에 사랑이 남아 있는 한 희망은 사라지는 것이 아니니까요.

후회

후회는 삶을 바로잡고 싶어 하는 건강하고 본질적인 충동입니다. 후회는 삶에 대해, 나 자신의 진실에 관해 묻는 것으로 출발합니다. 후회를 최소화하려 하지 말고 최적화해야 합니다.

우리는 실행하지 못한 것, 옳은 일을 하지 못한 것, 아끼고 사랑하는 사람에게 먼저 손 내밀지 못한 것을 후회해야 합니다. 하루라도 빨리 깨달아야 합니다.

인생은 반어법

옛날 내 할머니는 집안에 무슨 일이 생기면 반드시 온 집
안이 환하도록 불을 켜놓으셨습니다. 식구 중에 누가 몸이
아프거나, 시간이 되어도 귀가하지 않으면 여기저기 불을
켜놓으셨지요. 속상하고 걱정되고 절망스러워서 불을 밝
히는 것입니다. 살아가면서 종종 고난이 찾아와 우리의 발
목을 붙잡습니다. 그때마다 무조건 반대로 해보세요. 가난
할수록 책을 사고 친구를 만나야 하는 것처럼요.

사는 건 본질적으로 외로운 일입니다. 우리는 무슨 일이
있어도 희망을 생각해야 합니다. 그래야 또 다른 문이 열
립니다.

너의 마음이 나의 마음

도대체 우리는 자기가 자기에게 걸었던 기대의 몇 퍼센트
나 이루며 살고 있을까요. 이런 질문 앞에서 우리는 늘 우
울합니다. 그래도 이런 질문이라도 던지며 사는 사람은 그
삶의 궤적이 그런대로 정결할 것입니다.

저 마음이 내 마음이야, 나도 실은 그랬어.

그런 마음이 사람을 살립니다. 어두운 마음을 밝게 하고
흔들리는 마음을 붙잡아줍니다. 그것이 감정의 동지요, 이
웃입니다.

지금 쓸모가 없을지라도

'굽은 나무가 선산을 지킨다.' '눈먼 자식이 효도한다'는
속담이 있습니다. '아무짝에도 쓸데없는 것이 크게 쓰임이
있다'는 말도 있습니다. '젊은 사람을 함부로 무시하지 말
라'는 말도 있지요. 지금은 보잘것없고 초라하지만, 나중
에 그가 어떤 사람이 될지 알 수 없기 때문입니다.

'무용지대용無用之大用', 즉 쓸모없는 것이 크게 쓰임 받는다
는 말은 『장자』에 나오는 말이고, 어린 사람을 무시하지 말
라는 말은 부처님의 말씀입니다.

겉으로 보잘것없거나 쓸모없어 보이는 것 속에
큰 잠재력과 가치가 숨어 있습니다.
지금 초라한 모습이더라도 절대 기죽지 마세요.

살아있으니 아픈 거야

중학교 2학년 시절, 나는 또래 친구들보다 키가 작은 아이였지요. 그때 마을에는 버스가 다니지 않아서 친구들과 달리는 트럭을 몰래 올라타는 위험한 장난을 치곤 했습니다. 차가 시동을 걸고 막 출발하기 시작할 때 아이들은 우르르 뒤 칸에 올라탔습니다. 키도 크고 잽싸고 운동신경도 좋은 아이들이 먼저 오르면 나는 맨 끝에 올라타곤 했습니다. 그런데 그날은 미처 가로수의 나무를 피하지 못하고 옆으로 뻗은 나뭇가지에 얼굴을 강하게 부딪치고 말았습니다. 그 충격으로 오른쪽 눈알이 툭 튀어나오자, 저는 반사적으로 빠진 눈을 손으로 밀어 넣었습니다.

다행히 아버지께서 소식을 듣고 달려오셨고, 긴급 수술을 받은 덕분에 실명은 면할 수 있었습니다. 수술 후, 의사 선생님께서는 시신경은 손상되지 않았지만, 혹시라도 열이 오르거나 구토하면 위험할 수 있다고 신신당부하셨습니다. 하지만 당시 형편에, 여관에 머무를 여유조차 없었던 아버지는, 아는 방앗간 주인의 허름한 헛간에서 밤을 새우며 저를 간호하셨습니다.

저녁 식사도 제대로 못 했을 저를 안쓰러워하시며, 난생처음 우동 한 그릇을 사다 주셨습니다. 허겁지겁 우동을 먹었지만, 밤새 속이 불편해 결국 아버지 신발에 토하고 말았습니다. 평소 같았으면 불같이 화를 내셨을 아버지셨지만, 그날은 아무 말씀 없이 조용히 토사물을 치우셨습니다.

그 후에도 저는 쓸개가 파열되는 또 한 번의 위기를 겪었지만, 기적적으로 살아났습니다. 의사들조차 가망이 없다고 포기했던 상황이었지만, 저는 굳은 의지로 병마를 이겨냈습니다. 그 후, 그때의 경험을 바탕으로 책을 집필하기도 했습니다. 지금도 가끔씩 몸이 아플 때면, 생각하곤 합니다. "살아있으니 아픈 거야. 아프니까 나는 또 살 수 있다." 그러면서 모든 상황을 긍정적으로 이겨내려 노력합니다. 신기하게도 그 이후부터 작품 활동도 더욱 활발해지고, 제 책을 찾는 독자들도 늘어났습니다.

두 번의 죽을 고비를 넘긴 후, 저는 비로소 이 세상이 천국과 같고, 세상 사람들은 모두 천사와 같다는 것을 깨달았습니다.

실패는 넘어지는 것이 아니라,

넘어진 자리에서 일어서지 않고 머물러 있는 것입니다.

지금 일어서 있다면 벌써 반은 성공한 것입니다.

성장하는 인간이 되려면

톨스토이는 인간의 삶의 목표를 '성장'이라고 했습니다. 좋은 방향으로 변화하는 것입니다. 성장은 단순히 키가 크는 것이 아니라, 나아지는 것을 말합니다.

인간이 성장하기 위해서는 세 가지가 필요합니다. 바로 소통, 몰입, 그리고 죽음을 기억하는 삶입니다.

소통은 다시 세 가지 하위 목표를 갖습니다. 첫 번째 소통은 '나'와의 소통이 중요합니다. 이는 내가 어떤 지점에 와 있는지를 아는 것입니다. 소크라테스도 "너 자신을 알라"고 했으며, 공자님도 자기 자신에 대해 말씀하셨습니다. "내가 모른다는 것을 안다면, 많이 아는 것이다"라고 하셨지요. 두 번째는 '너'를 아는 소통이고, 세 번째는 바로 '세상'을 아는 소통입니다.

몰입이야말로 우리를 성공한 사람으로 데리고 가는 안내자입니다. 몰입이란 몰아沒我의 경지에 이르도록 한 가지 일에 몰두하는 것을 말합니다. 세상의 모든 성공자는 몰입의 천재들이었습니다.

끝으로 죽음을 기억하는 삶은 로마 사람들이 말한 메멘토 모리Memento mori를 말하는 것입니다. 이는 '죽는다는 것을 기억하라', '죽음을 잊지 말라' 등으로 번역되는 라틴어 문구인데 메멘토 모리를 가슴에 안고 사는 사람과 그렇지 않은 사람은 하루하루, 순간순간의 삶이 달라질 것입니다.

그럼에도 불구하고

이미 판이 기울었거나 나빠졌지만, 거기에 멈추지 않고 다시 시작해 보자 용기를 낼 때 나오는 말이 '그럼에도 불구하고'입니다. 나는 언제부터인가 이 말을 좋아하고 자주 써 왔습니다. 그만큼 내가 처한 여러 가지 사정들이 좋지 않았던 탓입니다.

그것은 내 개인의 형편만 그런 것이 아닙니다. 오늘날 우리가 살아가는 세상, 하루하루는 그 무엇도 녹록하지 않지요. 위태위태 살얼음판입니다. 포기하고 싶지만 포기하지 말아야 합니다. 바닥이 난 그 지점에서라도 다시 시작해야 합니다. 그러기에 오늘날 젊은이들 입에서는 '포기하지 않는 것도 능력이다'란 말이 나돌고 있습니다.

실상 내가 바라는 반응이나 변화는 아주 작은 것입니다. 한 마리 나비의 나래짓이거나 벌레의 울음소리 같은 것입니다. 이것들이 결국 나중에는 큰 울림이 될 것을 알기 때문입니다.

인생 사막을 건너는 법

인생이란 누구에게나 막막하고 적막한 것입니다. 사막과 같이 메마르고 넓고 부담스러운 인생을 앞에 두고 그걸 살아야 하기 때문이지요. 너무 많이 깊이 생각하지 말고 한순간 한순간, 하루하루 꾸준히 살아가다 보면 조금씩 좋아지는 날이 있을 것이라고 말해주고 싶습니다.

춘추

'춘추春秋'라는 말은 흔히 어른의 나이를 높여서 부를 때 사용됩니다.

"올해 춘추가 어떻게 되시나요?"

이렇게 사용하곤 하지요. 한자의 의미를 보면 봄과 가을을 이르는데 이것은 봄과 가을을 보낸 시간의 흐름을 의미합니다. 그러니까 1년을 말하는 거지요. 또 '춘추'는 역사책의 제목이기도 합니다. 연원이 오래된 중국의 역사를 세세히 기술한 책입니다. 그러므로 한 개인에게 사용될 때는 '나이'를 이르는 말이지만 민족에게는 '역사'를 의미를 합니다. 이것은 한 개인의 삶이 국가와 민족의 운명과 맞닿아 있다는 것이기도 합니다.

우리가 행복하게 잘 살아야 할 이유입니다. 이것은 나아가 국가와 민족에게 크게 이바지하는 일입니다.

모두가 아프다

"왜, 나만 아프고 힘들까?" 이렇게 생각하는 분들이 많습니다. 하지만 인생은 누구에게나 공평한 시간과 조건을 제공합니다. 눈에 띄지 않더라도, 우리는 모두 비슷한 문제와 어려움에 직면하며 살아가고 있답니다. 그러므로 주변 사람들과 마음을 나누고 서로 위로하고 격려해 주는 것이 필요합니다. 함께 이겨낼 힘이 있다는 것을 믿고 하루하루 조금씩 나아가길 바랍니다.

우리는 혼자가 아닙니다.
인생의 여정을 함께하는 이들과 따뜻한 마음을
나누며 살아야 합니다.
우리는 서로의 존재만으로도 큰 힘이 되니까요.

나는 왜 불안할까

불안한 마음은 모든 생명체의 기본 속성입니다. 다만, 내가 잘살고 있는지 아닌지를 걱정하는 것은 지나치게 삶의 목표가 높기 때문이라고 생각합니다. 기대 수준을 조금 낮춰 보시기 바랍니다. 그리고 인내심을 가지세요. 작은 성취나 결과를 사랑하고 소중히 여기는 마음을 가지시길 바랍니다. 오늘의 결과가 만족스럽지 못하다면, 내일 다시 시도해 보는 용기와 끈기를 가지셨으면 좋겠습니다.

나는 괜찮은 사람이다

"나는 별로다, 나는 피해자다, 나는 별 볼 일 없다"와 같은
부정적인 생각에 갇히면 우울감에서 벗어나기 힘듭니다.
"나는 괜찮다, 나는 앞으로 더 좋아질 것이다"와 같이 긍
정적인 마음을 스스로에게 불어넣고, 이를 생활화하여 더
나은 삶을 만들어 가시길 바랍니다.
'자세히 보아야 예쁘다, 오래 보아야 사랑스럽다, 너도 그
렇다'라는 시구처럼, 풀꽃처럼 당신도 자세히 들여다보면
볼수록 아름답고 사랑스러운 존재인 것을 잊지 마세요.

땡을 맞아보지 않은 사람은
딩동댕의 소중함을 모른다

〈전국노래자랑〉이라는 장수 프로그램에서 국민 MC로 오랫동안 사랑받았던 송해 씨는 이런 유명한 말을 했습니다. "땡을 맞아보지 않고서는 딩동댕의 의미를 알 수 없다." 거절을 당해봐야 통과된 순간의 기쁨을 알 수 있다는 말입니다.

마이너 없는 메이저는 없습니다. 우리 인생도 마찬가지입니다. 고통 없는 인생은 없습니다. 만일 살아날 보장이 있다면 젊어서 한 번쯤 죽을병에 걸려보는 것도 나쁘지 않을 것 같습니다. 62살 때 나는 쓸개가 터져서 뱃속이 다 썩어버린 적이 있습니다. 10만 명 중의 한 명 정도 살아날 병이었는데 다행히 훌륭한 의사를 만나 살았습니다.

『너와 함께라면 인생도 여행이다』라는 시집에 이런 시를 썼습니다. 버림받은 마음일 때에만 들리는 소리가 있다 / 힘들고 지치고 고달픈 날들 / 너도 부디 나와 함께 / 인생은 '고행'이 아니라 / 여행이라고 생각해 주면 좋겠구나!

시가 인생을 바꾼다

청소년 시기에 좋은 시를 읽으면 정서적으로 안정이 되고 집중력이 높아집니다. 시는 소재가 감정이고 표현 수단이 아름다운 언어이기 때문입니다. 인간은 의외로 감정적인 존재여서 감정 때문에 잘못되기도 하고 행복과 불행을 느끼기도 합니다. 의외로 우리가 겪는 인간관계의 문제가 많은 부분 감정의 문제 때문에 초래됩니다.

감정을 조절하는 데 가장 좋은 방법은 시를 읽고, 시를 생각하고 가슴에 간직하는 일입니다.

여행자에게

풍경이 너무 맘에 들어도
풍경이 되려고 하지는 말아라

풍경이 되는 순간
그리움을 잃고 사랑을 잃고
그대 자신마저도 잃을 것이다

다만 멀리서 지금처럼
그리워하기만 하라.

인생의 비밀

인생은 때로는 후회의 집적입니다. 회한입니다. 왜 그때는 그러지 못했을까? 왜 충분히 잘 해내지 못했을까? 그래서 인생은 어리석은 날들의 기록입니다.

하지만 그런 날들에도 남는 것이 있고 보람이 있게 마련입니다. 결핍의 축복입니다. 나쁜 일, 힘든 일이 있기에 좋은 일, 성취도 있는 것입니다.

그런 점에서 인생은 누구에게나 공평한 것인지도 모릅니다. 신은 어떤 한 사람에게만 좋은 것을 몰아주지 않기 때문입니다.

실패는 넘어지는 것이 아니라,
넘어진 자리에서 일어서지 않고 머물러 있는 것입니다,
지금 일어서 있다면 벌써 반은 성공한 것입니다.

사막을 건너는 당신에게

인생은 사막과 같아서, 건너온 사람과 아직 건너야 할 사람이 있습니다. 저는 이미 사막을 건너온 사람이지만, 아직 건너야 할 사람은 막막함을 느낄 것입니다. 막막하지 않은 청춘은 없고, 적막하지 않은 노년은 없습니다. 우리는 수없이 마음의 동요를 겪으며 살아갑니다. 오늘, 방황하지 않는 청춘은 없습니다.

우리는 너무 속도를 내려고만 합니다. 방향을 제대로 잡고 작은 성공이라도 스스로 축하하고 만족하며 위로하는 시간을 가져야 합니다. 그리고 내일의 더 큰 성공과 성과를 바라보며 조금씩 나아가다 보면, 험난한 사막길도 결국 끝에 다다라 적막한 곳에 도착하게 될 것입니다. 희망을 품고 살아가길 바랍니다.

가로등이 켜지는 시간

오랫동안 병원 생활을 한 적이 있습니다. 하루하루가 지루하고 따분하게 느껴지던 시간이었어요. 게다가 잠도 잘 오지 않는 밤이 잦았지요. 하루는 창밖의 가로등을 무심히 바라보다가 가로등이 일제히 켜지는 장면을 보게 되었습니다. 그래서 이왕 잠을 못 잘 바에야 오늘은 자동점멸등인 저 가로등이 언제 켜지고 꺼지는지 지켜보기로 했습니다.

날이 조금씩 어두워지기 시작했습니다. 어느 순간, 눈 깜빡하는 사이 가로등에 불이 켜져 있었습니다. 거짓말처럼 너무나 찰나의 순간이었는데도 가로등은 오랫동안 그렇게 환한 불빛을 들고 서 있는 사람처럼 자연스러워 보였습니다. 그때 나는 생각했습니다.

'언젠가 다시 저 불빛이 꺼져 있겠지. 불이 켜질 때처럼 불이 꺼지는 순간도 거짓말 같을 것이다.'

우리 인생에도 기적처럼 불이 다시 켜지는 순간이 반드시 온답니다.

내가 변하면 세상도 변한다

우리는 삶과 다가올 죽음을 알고 있으면서도 그것을 기억하려고 하지 않습니다. 알고 싶어하지도 않지요. 시시각각 변하는 계절의 변화도, 가로등의 명멸을 지나치듯 그저 무덤덤하게 넘어갈 뿐입니다.

병원 생활을 마친 후 나는 순간순간이 얼마나 소중한지 내게 주어진 삶의 하루가 얼마나 값진 시간인지를 깨닫게 되었습니다. 언제부터인가 나는 계절의 변화도 민감하게 받아들이는 사람이 되었습니다. 어느 밤, 새벽 1시 반쯤, 그해의 첫 가을바람이 불쑥 찾아온 것을 느꼈습니다. 열린 창문으로 서늘한 바람이 들어와 내다보았더니 그해 가을이 방금 도착해 안부를 전해왔습니다. 이튿날, 사람들도 가을이 왔다고 말하며 서로 인사를 나누고 있었습니다.

마음 항아리

여기 두 사람이 있습니다.

이들의 집에는 각각 같은 모양의 항아리가 하나씩 있습니다. 한 사람의 집에는 질그릇 항아리가, 다른 한 사람의 집에는 자기 항아리가 있었지요. 물론, 진흙으로 빚어 만든 투박한 질그릇 항아리보다는 광택이 나는 자기 항아리가 훨씬 보기도 좋고 값이 비쌌습니다. 그러나 질그릇 항아리를 지닌 사람은 그 안에 자기가 소중히 여기는 물건들, 이를테면 보석 반지나 집문서, 통장 등을 보관했습니다. 반면, 자기 항아리를 지닌 사람은 그 항아리를 온갖 잡동사니를 보관하는 용도로 사용했습니다.

세월이 흐른 후, 두 항아리는 어떻게 불리게 되었을까요? 질그릇 항아리는 '보물 항아리'로, 자기 항아리는 '쓰레기 항아리'로 불리게 되었습니다. 그 안에 무엇을 담았느냐에 따라 항아리의 호칭과 대우가 달라진 것입니다.

사람도 마찬가지입니다. 마음속에 담긴 것에 따라 품격과 가치가 달라집니다. 아무리 훤칠하고 매력적인 용모를 지녔더라도, 내면이 옹졸하고 어두운 사람은 주변에 실망만을 안겨줄 뿐입니다. 반면, 좋은 생각과 아름다운 이야기를 가득 품고 있다면, 언젠가는 보물 항아리처럼 대접받는 날이 올 것입니다. 그렇게 되면 질그릇 같은 삶도 저절로 광채를 발하는 성공한 인생으로 변모할 것입니다.

'자세히 보아야 예쁘다, 오래 보아야 사랑스럽다,
너도 그렇다'라는 시구처럼, 당신도 자세히 들여다보면
볼수록 아름답고 사랑스러운 존재인 것을 잊지 마세요.

나를 제외한 모든 사람은 삼인칭으로 존재하지만,
어느 날 갑자기 한 사람이 이인칭으로 다가온다면,
그것은 바로 사랑입니다.

3

사랑은 매번 서투르고
짝사랑이며
늘 첫사랑입니다

앙티브의 아침
Morning at Antibes (1888)
Claude Monet

지금 곁에 있는 사람

하루는, 사람들이 톨스토이에게 물었습니다.

"세상에서 가장 귀한 것이 무엇인가요?"

톨스토이는 이렇게 답했습니다.

"첫째는 지금, 여기.

둘째는 옆에 있는 사람,

셋째는 그 사람에게 잘해주는 것입니다."

이 말을 한 줄로 요약하자면, 세상에서 가장 귀한 것은 '현재 나와 함께 있는 사람에게 잘해주는 것'입니다. 그렇기에 지금 곁에 있는 사람이 진정 소중한 사람입니다.

상처

꽃을 꺾기 위해서 가시에 찔리듯
사랑을 구하기 위해서는
내 영혼의 상처도 감내하겠네.
상처받기 위해 사랑하는 게 아니라
사랑하기 위해 상처받는 것이기에.

피아노의 시인으로 불린 쇼팽이 사랑했던 여인 '조르주 상드'의 시(일부)입니다. 한 사람은 음악가로, 또 한 사람은 작가로 한창 명성이 있던 시기에 만나 운명 같은 사랑을 나눈 것으로 유명하지요. 조르주 상드는 더욱 본질적으로 용기가 있는 사람이었습니다. '상처받기 위해 사랑하는 게 아니라 / 사랑하기 위해 상처받는 것이기에.' 이러한 구절은 얼마나 아름답고 진지한가요. 몇 번이고 입 속으로 외우다 보면 우리에게도 그런 용기가 조금씩 돌아오지 않을까 생각해 봅니다.

내가 너를

내가 너를
얼마나 좋아하는지
너는 몰라도 된다

너를 좋아하는 마음은
오로지 나의 것이요,
나의 그리움은
나 혼자만의 것으로도
차고 넘치니까……

나는 이제
너 없이도 너를
좋아할 수 있다.

그것은 사랑

이 세상에는 나 한 사람이 존재하고, 그 외에 모든 사람들이 있습니다. 나를 제외한 모든 사람은 삼인칭으로 존재하지만, 어느 날 갑자기 한 사람이 이인칭으로 다가온다면, 그것은 바로 사랑입니다.

사랑은 평화다

젊은 시절, 나는 사랑이란 서로 마주 보는 것이라고 생각했어요. 예쁜 얼굴, 잘생긴 얼굴을 한없이 마주 보는 것이 사랑이라고 믿었지요. 그런데 『어린 왕자』의 작가 생텍쥐페리는 그의 소설 『인간의 대지』에서 사랑을 이렇게 표현했어요. '사랑은 서로 마주 보는 것이 아니라 둘이서 같은 방향을 보는 것이다.'

매우 적절한 말입니다. 마주 보고 있으면 대결 구도가 되어 분위기가 팽팽해집니다. 그러나 옆자리에 나란히 앉으면 수평 구도로 편안하고 안전한 분위기가 형성됩니다. 평화로움이 느껴집니다. 그리고 같은 곳을 바라볼 수 있으니 동질감이 느껴집니다. 사랑은 대결이 아니라 평화이기 때문입니다.

진정한 사랑은 서로에게 집중하는 것이 아닌,
같은 꿈과 같은 가치관, 같은 비전을 공유하는 것입니다.
그렇게 삶이라는 여정을 함께 나아가는 것입니다.

사랑과 시

인간은 사랑에 의해서 완성된다고 생각합니다. 시와 자연
과 신도 사랑에 의해 대단원이 내려진다고 생각합니다.
'사랑이 없는 곳엔 시도 없다. 시는 사랑의 한 표현 양식일
뿐이다.' 이건 평소 제 작은 믿음이며 소망이었습니다.

세월은 흐르고 작품만 남았습니다. 사람은 늙고 병들었는
데 작품은 여전히 젊고 건강하니 다행입니다. 젊은 날의
시가 있어서 참 다행입니다.

멀리서 빈다

어딘가 내가 모르는 곳에
보이지 않는 꽃처럼 웃고 있는
너 한 사람으로 하여 세상은
다시 한번 눈부신 아침이 되고

어딘가 네가 모르는 곳에
보이지 않는 풀잎처럼 숨 쉬고 있는
나 한 사람으로 하여 세상은
다시 한번 고요한 저녁이 온다

가을이다, 부디 아프지 마라.

부디 아프지 마라

오래전 불치병 판정을 받고 죽음이 임박했을 때 병원에 입원한 적이 있었습니다. 큰 수술을 하고 간신히 치료가 되어서 퇴원했는데 세상이 참 눈물겹고 아름다워 보였습니다. 그때 어느 순간, 많은 사람의 애틋한 눈길이 보였습니다. 나를 위해서 쾌유를 기원하고 한마음으로 소생을 바라는 간절한 눈빛이었습니다. 그들의 기도와 순한 눈빛이 시 「멀리서 빈다」를 쓰게 했습니다. 이 시의 핵심은 바로 마지막 문장입니다.

'가을이다, 부디 아프지 마라.'

가을은 결실을 거두는 수확의 계절이고 붉게 산이 물드는 아름다운 계절입니다. 하지만 날이 점차 선선해지면서 우리의 몸과 마음에 감기가 찾아오는 시간이기도 합니다. 그 계절에 누군가 절망하고 있다면, '많이 아프구나. 내가 네 옆에 있을게. 나도 너 때문에 마음이 아프다' 이렇게 말을 건네주기를 바랍니다. 부디 아프지 않기를 바라면서 그런 따뜻한 위로를 건네며 살아간다면 우리에게는 분명히 좋은 날이 올 것입니다.

좋은 친구

서양 속담에 "좋은 친구는 한 사람도 많다"라는 말이 있습니다. 말은 쉽지만, 현실에서는 정말 어려운 일입니다. 인디언 속담에도 이런 말이 있습니다.

"친구란 나의 슬픔을 대신 지고 가주는 사람이다."

이 말은 가슴이 저리도록 감동적이고 아름답습니다. 그러나 지금 내게 그런 친구는 없습니다. 나 또한 누군가에게 그런 친구가 되어준 적이 없습니다. 서로 좋은 친구가 되는 일은 어려운 일이면서 그처럼 소중한 일이랍니다.

아내

유대인의 경전 『탈무드』에서는 '아내는 남자의 집이다'라
고 말합니다. 나는 이 말이 참 적절한 표현이라고 생각합
니다. 외국 여행을 가거나 1박 2일로 강연 여행을 갈 때 아
내와 함께 가면 아무런 걱정거리가 없습니다.

처음 아내를 만났을 때 그녀는 어리고 낯선 여자였습니다.
그런데 오랜 세월을 함께 살면서 아내는 내 옆에서 성장하
며 이제는 나보다 큰 사람이 되었고 더 어른이 되었습니
다. 이제 내가 아내 곁에서 어린애가 되었습니다.

아내가 있는 곳이 바로 나의 집입니다.

나를 빼면 모두 너

세상은 '나' 한 사람과 나를 제외한 모든 사람인 '너'로 이루어져 있습니다. 가만히 생각해 보세요. 나를 빼면 모두 '너'이기 때문에 우리는 너를 먼저 생각할 필요가 있습니다. 그런데 '나' 한 사람에게만 오로지 관심이 있고 그 많은 '너'에 대해서는 무관심합니다.

그러므로 앞으로는 더 '너'의 이야기를 경청하고 배려하는 사람이 돼야겠습니다.

상대를 존중하는 것은

그의 말을 주의깊게 들어주는 것에서부터 시작됩니다.

따뜻한 마음으로 배려하고 경청하는 내 모습을

모두가 보고 있습니다.

사랑과 술

아일랜드 출신으로 노벨문학상을 수상한 윌리엄 버틀러 예이츠William Butler Yeats. 그가 쓴 시 중에 「술 노래」라는 시가 있습니다. 그 시의 서두입니다.

> 술은 입으로 들어오고
> 사랑은 눈으로 들어온다

처음 시의 제목만을 읽고 나는 이 시가 술에 대한 시라고 생각했습니다. 그런데 읽다 보니 술이 사랑으로 바뀌었습니다. 참 오묘한 느낌이었어요. 어찌 이런 좋은 문장을 외우지 않을 수 있겠습니까. 외우다 보면 사랑의 마음이 전해지면서 코끝이 찡해집니다. 그렇습니다. 술은 입으로 들어오지만 사랑은 눈으로 들어옵니다. 사랑은 영혼의 일이기에.

과분한 당신

비록 가진 것이 작고 보잘것없을지라도, 그것에 만족하고 감사하는 마음을 가지면 훨씬 더 나은 사람이 될 수 있다고 생각합니다. 이 이야기는 내가 50대 후반에 접했을 때 깨달았는데, 조금 더 일찍 알았더라면 삶에 큰 도움이 되었을 것입니다. 바로 피천득 선생님의 말씀입니다.

피천득 선생님은 100세 가까이 장수하셨습니다. 오랫동안 글을 쓰지 않으셨음에도 불구하고 말이죠. 자녀분들도 훌륭하게 키우셨습니다. 영문학자이자 교수였음은 물론이고, 수필가로서도 「인연」과 같은 아름다운 글을 많이 남기셨습니다. 90세가 넘으셨을 때, 70세가 넘은 제자들이 찾아뵙고 세배를 드리며 여쭈었다고 합니다.

"선생님, 어떻게 평생 사모님과 그리 행복하게 지내실 수 있었습니까?" 그러자 피천득 선생님께서는 "우리 집사람이 나에게 과분하니까 그렇지요."라고 답하셨다고 합니다. 이렇듯, 비슷한 수준일지라도 상대방이 나보다 낫다고 생각하면 좋은 관계가 됩니다. 그것이 성공이고, 행복이며, 완전함으로 나아가는 길입니다. 반대로, 배우자가 자신보다 부족하다고 생각하면 불행으로 이어질 수 있습니다. 이 이야기를 피천득 선생님의 제자분의 주례사에서 들었습니다. 그 후로 나도 결혼식 주례를 할 때마다 꼭 이 이야기를 해줍니다. 두 사람이 서로 좋아서, 사랑해서 결혼을 결심한 지금, 부디 잊지 말아야 할 것은 상대방이 부족한 사람이 아니라 과분한 사람이라고 생각하는 것입니다.

관계의 거리

서로 좋아하는 사람들일수록 관계의 거리가 필요합니다. 한 사람을 만나든 열 사람을 만나든 모든 인연에는 어느 정도 거리를 두어야 합니다. 너무 가까이 있어서 서로를 구속하거나 집착해서는 안 됩니다.

상대가 잘 살 수 있도록 방해하지 않을 거리, 축복의 거리, 비켜줄 거리를 확보해야 합니다.

풀꽃문학관에 머물다 보면 수시로 나를 보러 찾아오는 사람들을 만나곤 합니다. 그들은 한결같이 모두 나와 오랫동안 함께 시간을 나누고 싶어 합니다. 함께 있는 동안만큼은 최선을 다하려고 합니다. 하지만 언제나 나는 먼저 한정된 시간을 예고하고 방문객을 만나곤 합니다. 갑자기 밥 먹자는 사람, 술 한잔하러 가자는 사람, 별별 사람이 다 있습니다. 그럴 때마다 이렇게 선을 긋곤 합니다.

"당신이 갈 길과 내가 갈 길이 따로 있습니다."

아쉽고 서운하고 미안하기도 하지만 그것이 서로에 대한 최선의 예의이고 오래 더 그리워할 수 있는 거리라고 믿기 때문입니다.

서로가 다르다는 것을 인정하고 존중하기 위해서는

관계에도 약간의 거리가 필요합니다.

우리는 수시로 가까운 사람들과 적절한 거리를

잘 지키고 있는지 돌아봐야 합니다.

눈 위에 쓴다

눈 위에 쓴다
사랑한다 너를
그래서 나 쉽게
지구라는 아름다운 별
떠나지 못한다.

사랑은 서툴고 낯선 것

사람이 많은 카페에서 대화를 나눌 때, 주변의 잡음 때문에 불편하다고 느낄 때가 있습니다. 하지만 어느덧 대화에 집중하다 보면 주변이 조용해짐을 느끼게 됩니다. 사실 소음은 그대로인데 내가 잠깐 그것을 망각한 것입니다. 이렇게 인간은 보고 싶고, 듣고 싶은 것만 들으려고 하는 존재입니다. 사랑할 때 더 그렇습니다. 서툴지 않으면 사랑이 아닙니다. 우리가 하는 사랑은 매번 서투르고 짝사랑이며 늘 첫사랑입니다. 그래서 때론 매우 슬프고 아픕니다. 하지만 괜찮습니다. 당신의 서툰 사랑을 응원하겠습니다.

우리들의 사랑 이야기

지난날, 중병에 걸려 여섯 달 동안 병원에 입원한 적이 있습니다. 그 긴 시간 동안 아내는 하루도 거르지 않고 내 곁에서 병상을 지켰습니다. 잔병치레가 잦은 노년의 아내가 보호자용 침상에서 여섯 달을 버티는 것은 실로 엄청난 고역이었을 것입니다. 병원 생활이 길어지면서 아내의 몸도 점점 쇠약해졌습니다. 지난날 나는 그녀의 희생적인 간호 덕분에 기적적으로 회복하여 집으로 돌아갈 수 있었습니다. 하지만 문제는 그 이후에 발생했습니다. 아내는 오랜 간병의 후유증으로 급격히 혈압이 올라가 한밤중에 응급차를 타고 병원에 가는 수난을 겪게 되었습니다. 병원 생활의 스트레스가 원인이었지요. 한동안 우리는 서로 보호자와 환자의 역할을 번갈아 하며 살아가게 되었습니다. 그때 나는 아주 어렸을 때 외할머니에게서 들었던 옛날 이야기 하나가 떠올랐습니다.

"아주 옛날, 어떤 집의 사위가 처가에 다니러 갔단다. 해가 짧아져 일찌감치 저녁밥을 먹고 쉬고 있는데, 장모가 이웃집에서 옛 이야기책을 한 권 빌려왔더란다. 글자를 모르는 까막눈이었던 장모는 사위에게 책을 건네며 읽어달라고 청했단다. 그런데 설상가상으로 사위도 문맹이어서 책을 읽을 수가 없었단다. 고민하던 사위는 재촉하는 장모의 간절한 눈빛을 보고 난처한 얼굴로 더듬더듬 책 읽는 시늉을 시작했단다.

"암캥이가 빠지면 수캥이가 건져주고, 수캥이가 빠지면 암캥이가 건져주고……."

한 번도 책을 읽어본 적이 없었던 사위는 시골에서 본 고양이 이야기를 꾸며내어 '암컷 고양이가 물에 빠지면 수컷 고양이가 와서 건져주고, 수컷 고양이가 물에 빠지면 암컷 고양이가 건져주고'만 반복하며 외우고 있었단다. 한참 사위의 책 읽는 소리를 듣던 장모가 코를 훌쩍이며 말했단다.

"그 고대 참 슬픈 고댈세."

이 말은 '그곳은 참 슬픈 곳이네'란 뜻이란다."

오래전 외할머니에게 들었던 이 이야기는 당시에는 그다지 재밌지도 않고 심심하기 그지없었습니다. 하지만 나이가 들어 다시 되새겨보니 참 감동적이고 어떤 이야기보다 눈물겹게 아름다운 이야기였습니다. 서로를 의지하며 살아가는 나와 아내의 이야기였고 우리들의 사랑 이야기였기 때문입니다.

영원한 사랑과 시

"죽어도 산다"는 말은 육신은 사라지지만 씨앗이 남아 이어지듯, 죽음 이후에도 삶이 이어진다는 의미일 겁니다. 셰익스피어는 소네트에서 인간이 영원히 사는 세 가지 가능성을 제시했는데, 첫째는 자식, 둘째는 사랑하는 마음, 그리고 셋째는 그 마음을 담아 시를 쓰는 것입니다. 시 속에 사랑하는 마음을 담으면, 사랑하는 사람이 시 속에 살아남아 작가와 함께 영원히 존재하게 된다는 것이죠.

부탁

너무 멀리까지는 가지 말아라
사랑아

모습 보이는 곳까지만
목소리 들리는 곳까지만 가거라

돌아오는 길 잃을까 걱정이다
사랑아.

우리 곁에 사랑이 있다

삶이 너무 힘들어서, 지금 어두운 길을 걷고 있다는 생각이 들 때가 있습니다. 그럴 때 한번 이런 생각을 해보면 어떨까요. 나는 얼마나 많은 사람으로부터 사랑을 받고 살았는가. 그 사랑이 반드시 클 필요는 없어요. 어제 만난 사람이 오늘 만나 밥은 먹었냐고 물었을 때, 그것도 사랑입니다. 처음 만난 사람이 떨어진 물건을 주워줬을 때, 그 작은 친절도 사랑입니다. 그 사랑이 지금 우리 곁에 있습니다. 내일도 모레도 있을 예정입니다. 단지 우리가 모르고 지나갈 뿐이랍니다.

우리가 하는 사랑은 매번 서투르고 짝사랑이며 늘 첫사랑입니다.
그래서 때론 매우 슬프고 아픕니다. 하지만 괜찮습니다.

운다는 것은 좋은 일이다. 눈물 흘린다는 것은 더욱 좋은 일이다.
울음으로 마음속 응어리를 삭일 수 있고
눈물로 마음속 고통과 슬픔을 풀어낼 수 있기 때문이다.

4

너를
말해주는 것들

푸르빌의 절벽에서
Cliff Walk at Pourville (1882)
Claude Monet

책은 마지막 페이지까지 읽자

모든 책의 저자들은 책의 마지막 페이지에 진정한 보물을 숨겨둡니다.

정겨운 옛이야기 하나를 소개하고자 합니다. 한 아버지가 죽음을 앞두고 삼 형제에게 유언을 남겼습니다. "내가 집 앞의 묵정밭에 보물을 숨겨두었단다. 아무나 찾아가거라." 이 말을 들은 아들들은 아버지의 장례식을 치르자마자 농기구를 챙겨 밭으로 향했습니다. 오랫동안 방치되어 잡초가 무성한 밭은 적어도 한 달은 파헤쳐야 할 것처럼 보였습니다. 하지만 삼 형제는 귀중한 보물을 다른 형제에게 빼앗기고 싶지 않아서 그날부터 밭을 갈아엎기 시작했습니다. 그 모습을 지켜본 마을 사람들은 아버지가 돌아가신 후, 드디어 게으른 자식들이 철이 들었다고 생각했습니다. 밤낮없이 밭을 갈고 보물을 찾기 위해 애쓰던 아들들은 점점 지쳐갔습니다. 마지막 고랑을 앞두고서야 삼 형제는 아버지의 유언이 거짓인 것을 깨닫게 됩니다. 그러나 그 과정 덕분에 방치되었던 묵정밭은 기름진 땅으로 변모해 있었습니다. 열심히 일한 결과, 어떤 작물을 심어도 풍성하게 수확할 수 있는 문전옥답이 된 것입니다. 그것이 바로 아버지가 숨겨둔 진짜 보물이었습니다.

독자는 저자가 무엇을 숨겨두었는지를 알기 위해 반드시 마지막 페이지까지 책을 읽어야 합니다. 한 발짝씩 메모하고 밑줄을 그으며 읽어 나가다 보면, 결국 보물을 발견할 수 있을 것입니다.

시

그냥 줍는 것이다

길거리나 사람들 사이에
버려진 채 빛나는
마음의 보석들.

시가 지닌 힘

김소월 시인의 「가는 길」을 읽을 때마다 놀라움을 느낍니다.

그립다
말을 할까
하니 그리워

이 구절은 놀라운 표현입니다. 그리움이 있음에도 불구하고 확실하게 느껴지지 않던 감정이, '그립다'라고 말함으로써 진정으로 그리워진다는 것입니다. 한국 시에서 가장 인상 깊은 표현 중 하나입니다. 이 표현은 쉽게 따라갈 수 없는 깊이를 가지고 있습니다. 말을 통해 감정이 확실해지는 것입니다.

독일 철학자 마르틴 하이데거Martin Heidegger는 "언어는 존재의 집이다"라고 했습니다. 언어로 표현함으로써 그리움이 확실해진 것입니다. 그래서 시가 중요한 것입니다.

에필로그의 비밀

모든 작가는 대부분 이야기의 결말 부분에서 자기가 진정 '하고 싶은 말'을 꺼내놓습니다. 에필로그에서 비로소 독자들에게 고백합니다. 나는 이 이야기를 통해 이런 말을 하고 싶었다고요. 사람의 인생도 그 마지막을 봐야 알 수 있습니다. 어떤 인생을 살다 간 사람인지, 그가 이룬 업적이 무엇인지, 후손들에게 어떤 유산을 남기고 갔는지를요. 죽기 직전에 그가 남긴 말도 중요합니다.

믿기 어려운 이야기지만 다음의 이야기는 실제 있었던 사건입니다.

한 무명작가가 의사에게 시한부 삶을 선고받았습니다. 죽음을 앞두고 그는 자기가 무엇보다 애지중지하던 책들을 모조리 지역 도서관에 기증하기로 결심합니다. 수천 권의 책 중에는 자기가 쓴 소설책도 있었습니다. 미처 초판이다 팔리기도 전에 절판돼 버린 책이었지요. 그는 매우 인기가 없는 작가였습니다. 책을 기증한 후 얼마 안 돼 작가는 예정되었던 죽음을 맞았습니다.

그리고 몇 년 후, 도서관에서 책을 빌린 한 대여자가 놀라운 일을 경험합니다. 그가 빌린 책은 다름 아닌 그 무명작가의 소설이었습니다. 그 책의 마지막 페이지에는 작가의 계좌번호와 비밀번호가 적혀 있었습니다. 작가는 아무도 찾지 않는 자신의 책을 빌려서 끝까지 읽어준 독자에게 고마움을 전한 것이었습니다. 책의 마지막 페이지까지 읽은 덕분에 독자는 작가의 유산을 상속받은 행운아가 되었습니다.

분명한 글과 모호한 글

분명하게 글을 쓰는 사람에게는 독자가 모이지만,
모호하게 글을 쓰는 사람에게는 비평가가 몰려든다.

소설 『이방인』을 쓴 작가, 알베르 카뮈의 말입니다. 이 말
은 글 쓰는 사람에게도 큰 참고가 되지만, 인생을 살아가
는 지혜가 되기도 합니다.

스콧 피츠제럴드의 명작
『위대한 개츠비』 중에 나오는 말입니다
"누구든 남을 비판하고 싶을 때면
언제나 이 점을 명심해라.
이 세상 사람이 다 너처럼 유리한 입장에
놓여 있지 않다는 것을 말이야."
한번쯤 생각해 볼 만한 문장입니다.

시는 러브레터

나는 시가 러브레터라고 생각합니다. 세상 모든 사람들에게 러브레터를 쓴다고 생각하고 시를 씁니다.

누군가에게 연애편지를 쓸 때 우리는 온 정성을 다해 예쁘고 사랑스럽게 쓰려고 노력합니다. 그것이 나는 시라고 생각해요.

그런 시를 쓰는 시인은 유명한 사람보다는 유용한 사람이 돼야 합니다. 유명한 것은 '허장성세虛張聲勢'입니다. 허울만 아름답고 대단해 보이지요. 그러나 진짜 좋은 것은 쓸모 있고 소박합니다. 슬플 때 꺼내보고 싶고, 우울할 때 위로가 되고, 의기소침했을 때 격려해 줄 수 있는 그런 시를 쓰고 싶습니다.

몽당연필

초등학교 선생 할 때
아이들 버린 몽당연필들
주워다 모은 게 한 필통 가득이다

상처 입고 망가지고
닳아질 대로 닳아진 키 작은 녀석들
글을 쓸 때마다 곱게 다듬어
볼펜 깍지에 끼워서 쓰곤 한다

무슨 궁상이냐고
무슨 두시럭이냐고 번번이
핀잔을 해대는 아내

아내도 나에겐 하나의 몽당연필이다
많이 닳아지고 망가졌지만
아직은 쓸모가 남아있는 몽당연필이다

아내 눈에 나도 하나의

몽당연필쯤으로 보여졌으면
싶은 날이 있다.

나의 일생

날마다 나의 중요한 일과 가운데 하나는 잠을 청하기 전에 컴퓨터를 열고 시집 원고를 살피는 일입니다. 어쩌면 이것이 이 세상 마지막 날이지 싶어서지요. 이것이 버릇이 되었고 습관이 되었습니다. 그리고 그것이 쌓여서 시집이 되었고 나의 일생이 되었습니다.

마음을 밝히는 시

성리학에서는 인간의 마음이 본래 밝은 덕明德을 지니고 있다고 말합니다. 하지만 살아가면서 세상에 부딪히고 경쟁하며 명덕을 잃게 되는데, 이를 다시 밝히는 것明明德이 중요하다고 강조합니다. 바로 유학의 기본 사상이 담긴 『대학』에 나오는 말입니다.

'명명덕'이란 무엇일까요? 이는 마치 더러워진 걸레를 다시 깨끗하게 빠는 것과 같습니다. 명덕을 회복하는 방법은 다양하지만, 저는 그중 하나가 시라고 생각합니다. 시는 우리의 흐트러진 마음을 정화하는 힘을 가지고 있습니다. 봉준호 감독의 영화 '기생충'이 우리의 생각을 뒤집고 충격과 감동을 주었던 것처럼, 시 역시 우리에게 반성의 계기를 제공할 수 있습니다. 윤동주 시인의 시처럼 말이죠. 시를 통해 우리는 부끄러움을 느끼고 반성하며, 더 나은 사람이 되고자 하는 마음을 갖게 됩니다. 이것이 바로 명덕을 다시 밝히는 과정입니다.

인생

화창한 날씨만 믿고
가벼운 옷차림과 신발로 길을 나섰지요
향기로운 바람 지저귀는 새소리 따라
오솔길을 걸었지요

멀리 갔다가 돌아오는 길
막판에 그만 소낙비를 만났지 뭡니까

하지만 나는 소낙비를 나무라고 싶은
생각이 별로 없어요
날씨 탓을 하며 날씨한테 속았노라
말하고 싶지도 않아요

좋았노라 그마저도 아름다운 하루였노라
말하고 싶어요
소낙비 함께 옷과 신발에 묻어온
숲속의 바람과 새소리

그것도 소중한 나의 하루
나의 인생이었으니까요.

글은 일생이다

어떤 글이든지 글을 읽으면 그 사람의 일생이 보입니다. 삶이나 생활이거나 소망을 넘어선 일생입니다. 그렇습니다. 글 속에는 사람의 일생이 넘실거립니다. 글을 읽고 생각합니다.

아름답다. 진지하다. 싱싱하다. 앞으로 나아가고 있다. 나이가 제법 든 사람 같은데 아직도 성장하는 중이구나. 꿈이 남아 있고 소망이 남아 있다. 그래서 싱싱하고 푸르고 건강하구나.

시 「풀꽃」을 쓴 이유

많은 사람들이 사랑해 준 나의 시 「풀꽃」은 모두 세 편입니다. 가장 널리 알려진 「풀꽃 1」은 '자세히 보아야 예쁘다 / 오래 보아야 사랑스럽다 / 너도 그렇다'입니다. 이 짧은 세 줄의 시는 내가 초등학교의 교사로 있을 때 유독 말을 듣지 않고 예쁘지도 않고 사랑스럽지도 않은 아이들을 보면서 쓴 것입니다. 예쁘고 사랑스럽게 보려고 쓴 것이지요.

두 번째 「풀꽃 2」는 '이름을 알고 나면 / 이웃이 되고 / 색깔을 알고 나면 / 친구가 되고 / 모양까지 알고 나면 / 연인이 된다 / 아, 이것은 비밀'이 시는 풀꽃 그림을 그리면서 느낀 것을 쓴 것입니다. 이름을 알고 색깔을 알고 모양까지 알아가는 단계를 거쳐야 비로소 안다고 할 수 있는 것. 이것이 인간관계에도 필요한 관심의 과정이고 단순한 사랑의 비밀이지요.

마지막으로 세 번째 시 「풀꽃 3」은 '기죽지 말고 살아봐 / 꽃 피워봐 / 참 좋아'입니다. 이 시는 엄마를 잃은 손자를 응원하고 위로하기 위해 지은 시입니다. 내게는 유일한 며느리였고 아들에게는 아내였고 손자에게는 엄마였던 사람의 빈자리를 떠올리며 썼습니다. 비 오는 날 우산이 날아가 사라져 버린 것처럼 인생의 소중한 동행을 잃어버린 손자에게 "기죽지 말고 살아라. 기필코 꽃을 피워라. 그러면 참 좋을 거다."라는 할아버지의 마음을 담았습니다. 그런데 많은 사람들이, 특히 고등학교 3학년 학생들이 이 시를 좋아해 주었습니다. 강연을 마치고 학생들이 가져온 책에 사인을 해줄 때 가장 많이 써달라고 하는 문구가 바로 「풀꽃 3」의 문장입니다. 사람의 마음이 참 비슷하다고 느꼈습니다. 부디 기죽지 말고 꽃피우는 인생을 살길 바랍니다.

지금 내 곁에 있는 사람은 누구인가요?

내가 자주 가는 곳은 어디인가요?

내가 읽고 있는 책은 무엇인가요?

나는 어떤 사람일까요?

너를 말해주는 것들

지금 네 곁에 있는 사람과

네가 자주 가는 곳과

네가 읽고 있는 책이 너를 말해준다.

－괴테

서울의 광화문 교보빌딩 글판에 올라왔던 글입니다.

그리고

내가 마음에 새긴 글귀입니다.

집

얼마나 떠나기 싫었던가!
얼마나 돌아오고 싶었던가!

낡은 옷과 낡은
신발이 기다리는 곳

여기,
바로 여기.

슬픔을 함께하는 마음

공자님의 인仁은 측은지심惻隱之心, 즉 안쓰럽고 불쌍히 여
기는 마음입니다. 예수님의 마음은 긍휼矜恤, 즉 불쌍히 여
겨 돌보아 주는 마음입니다. 한자 휼恤은 마음心과 피血를
합친 글자입니다. 세상 사람들의 아픔과 슬픔을 보며 마음
으로 피 흘리는 것이 바로 예수님의 마음이며, 결국 그는
십자가에서 피를 흘리셨습니다.

'슬픔을 함께하는 마음'을 언어로 표현하는 것이 시라고
생각합니다.

쉽고 단순한 진리

삶이 그대를 속일지라도
슬퍼하거나 노하지 말라

러시아의 위대한 시인이면서 소설가이자 세계적인 문호로
추앙받는 푸시킨의 시입니다. 러시아의 귀족이고 유명한
시인이어서 그런지 대부분의 사람은 그가 흑인이었다는
사실을 잘 모릅니다. 푸시킨의 모계로 아프리카 에티오피
아의 피가 흐르고 있었습니다. 하지만 그는 러시아 근대문
학의 창시자로 불리며 위대한 '국민 시인'이라는 호칭까지
얻었습니다. 도스토옙스키가 푸시킨의 시를 칭송하면서
강조한 것은 바로 '보편성'이었습니다. 그의 시가 모든 세
상사를 다 포용하고 있다고 본 것입니다. 누구나 알 수 있
는 쉽고 간결한 말이지만 그 의미는 세상을 다 껴안을 수
있을 만큼 거대한 것, 바로 푸시킨의 시어가 그랬기 때문
입니다.

시

너무 자세히 알려고 하지 마시게
굳이 이해하려 하지 마시게
그것은 상징일 수도 있고
던져진 느낌일 수도 있고
느낌 그 자체, 분위기일 수도 있네
느낌 너머의 느낌의 그림자를 느끼면 되는 일일세
그림을 보듯 하고
음악을 듣듯 하시게
속속들이 알려고 하지 말고
그냥 건너다보시게 훔쳐 가시게.

위대한 시는 이발소로 간다

내가 기억하는 이 위대한 시인의 시는 바로 동네 이발소에 늘 걸려 있던 페인트 그림과 함께였습니다.

'삶이 그대를 속일지라도 / 슬퍼하거나 노하지 말라'

짤막하고 단순한 그 시 한 구절이 나에게는 어떤 생명의 활력소가 되어주었지요. 괴테는 이런 말을 했습니다. "좋은 시란 어린이에게는 노래가 되고 청년에게는 철학이 되고 노인에게는 인생이 되는 시다." 거기에 딱 부합하는 시로 김소월의 시가 떠오릅니다. 「엄마야 누나야」 이 시는 노래이면서 그대로 수많은 사람의 철학이고 인생입니다. 그리고 아무 의미 없이 부르기도 쉽습니다.

나도 그런 활력소가 되는 노래 같은 시를 쓰고 싶었습니다. 우울증에 걸리면 먹는 '세로토닌' 약처럼 사람들의 마음에 안정과 휴식을 주는 시.

내 시가 먼 훗날 이발소 그림 속에 적히어서 그것을 바라보는 이에게 위로가 되었으면 좋겠습니다.

좋은 시에는 신이 주신 문장이 들어있다

좋은 시는 모름지기 좋은 영혼에서 나옵니다.
나이를 불문하고 모든 세대에게 통합니다.
구차한 설명 없이 징검다리 없이 가슴과 가슴을 연결하
지요. 좋은 시는 스스로 노래가 되고 그림이 되기도 합
니다.

시의 첫 문장은 신이 주신 선물이라고 생각합니다. 좋은
시를 읽다 보면 신이 주신 문장이 들어 있다는 것을 느낍
니다. 영혼을 울리기 때문이지요. 아, 나도 이런 시를 쓰고
싶다. 가슴을 쓸어내린 일이 많았습니다. 그래서 그 시를
만난 것은 나의 행운이었고 또한 불행이기도 했습니다.

나는 울보다

나는 울보다. 기쁜 일에도 울고 슬픈 일에도 울고 아름다운 이야기에도 울고 슬픈 이야기에도 운다.

나는 왜 매미가 해마다 여름이 가려고 할 때쯤이면 기승을 부리며 울어 대는지 그 까닭을 미처 알지 못했다.

얼마 남지 않은 목숨을 아끼고 사랑하기 위해서 매미가 그렇게 성화를 부리며 운다는 걸 알게 된 것은 의외로 요즘 얼마 전이다.

나의 시는 나의 울음. 그것도 여름이 지나가려고 할 때 우는 매미의 울음과 같은 울음이다. 나의 울음이 앞으로 얼마나 더 오래 계속될까.

내가 가장 중요하게 여기는 삶의 가치는 무엇인가,

그것을 위해 눈물을 흘릴 만큼 간절했던 적이 있었나

생각해 봅니다.

울면서 쓰다

운다는 것은 좋은 일이다. 눈물 흘린다는 것은 더욱 좋은
일이다. 울음으로 마음속 응어리를 삭일 수 있고 눈물로
마음속 고통과 슬픔을 풀어낼 수 있기 때문이다. 울음과
눈물은 우리를 착하고 조그만 인간으로 만들어 주고 가난
한 인간으로 만들어 준다. 자기 자신을 돌아보게도 한다.
그러나 나는 얼마나 더 많은 울음을 울고 눈물을 흘려야
사람다운 사람이 되고 시인다운 시인이 될 것인가.

이 가을에

아직도 너를 사랑해서
슬프다.

순간의 불꽃을 위하여

인간의 목숨은 순간적입니다. 순간에 타오르는 불꽃입니다. 그런데도 그 순간적인 불꽃에 매달려 인간은 안타까워하고 있습니다. 이 얼마나 안쓰러운 노릇입니까.

인간의 사랑 또한 순간적입니다. 순간에 번지는 짧은 노래이며 기쁨과 같은 것이 사랑입니다. 영원한 사랑은 세상 어디에도 존재하지 않습니다. 그런데도 그 순간의 노래와 기쁨을 잊지 못해 인간은 애달파하고 있습니다. 이 얼마나 허망한, 어리석은 노릇입니까.

시도 인간의 목숨이나 사랑만치나 순간적입니다. 순간의 불꽃이요, 순간의 기쁨이요, 그 노래에 지나지 않습니다. 그러나 시는 인간의 목숨과 사랑을 제 가슴 깊숙이 보듬어 안을 줄 압니다. 그것이 시의 크나큰 덕성이요 선善입니다.

최선의 문장

젊은 시절엔 내 멋대로 성깔대로 글이 쓰이는 줄 알았습니다. 그러나 글이란 것은 모름지기 나 혼자 쓰는 것이 아니라 문장 넘어 그 어떤 보이지 않는 존재와의 간절한 타협의 결과입니다. 충분히 기다리고 달래고 어른 나머지, 그리고서도 망설임 한참 뒤에 문장이 형성된다는 것을 알게 된 것은 지극히 최근의 일입니다. 마음의 결이 들여다보이는 문장이 최선의 문장입니다. 영혼의 그림자까지 얼비쳐 준다면 더 바랄 것이 없겠습니다.

마음의 급소

한의학에서는 '1침 2구 3약'이라 하여 치료의 우선순위를 침, 뜸, 약 순서로 둡니다. 침은 응급 상황에서 급히 환자를 살리는 데 사용되며, 뜸은 침으로 자극된 급소에 기운을 넣어 체질을 개선하는 데 도움을 줍니다. 약은 비교적 완만하게 효능을 나타냅니다. 굳이 비유하자면, 침은 시, 뜸은 수필, 약은 소설과 같다고 할 수 있습니다. 특히 시는 침처럼 단번에 급소를 찌르는 힘이 있습니다. 따라서 현대 시인들도 침을 놓듯이, 머뭇거리지 않고 사람들의 마음을 위로하고 응원하며 감동을 주는 시를 써야 합니다. 제 시 중 '풀꽃 3'은 고등학생들에게 특히 인기가 많습니다. 짧지만 "기죽지 말고 살아봐, 꽃 피워봐"라는 메시지가 용기를 주기 때문인 것 같습니다. 아마도 그들에게 그 시가 설명 없이 주먹으로 들어와 단박에 가슴을 치는 문장이기 때문에 그랬겠지요.

사랑하는 마음을 담아 쓰면

나에게 셰익스피어의 소네트를 알려준 사람은 김예원이란 젊은 친구입니다. 그녀는 나와 함께 『당신이 오늘은 꽃이에요』란 책을 쓴 작가이기도 합니다. 소네트sonnet란 14행의 짧은 시로 이루어진 서양 시가를 말합니다. 우리말로 하면 소곡小曲 정도로 표현할 수 있지요. 셰익스피어가 쓴 소네트를 읽어보면 인간이 영원히 사는 길에 대한 언급이 나와 있다고 합니다. 자식과 사랑과 시. 특히 시에 사랑하는 마음을 넣어서 쓰면 그 시가 사라지지 않는 한 사랑하는 사람도 영원히 살아남는 거라고 합니다. 그 말 자체가 참 사랑스럽다고 생각했어요. 후생가외後生可畏란 공자님의 말씀은 결코 헛되지 않았습니다.

시는 언어의 조각이다

미술 기법에 '조각'이 있고 '조소'가 있습니다.

조각의 기법은 큰 덩어리에서 필요하지 않은 부분을 떼어 내어 작가가 원하는 형상을 만드는 방법입니다. 그리고 조소는 기본 받침대를 세우고 그 위에 필요한 요소들을 부착시켜 작가가 바라는 형상을 만들어 냅니다.

조각이 밖에서부터 안으로의 방법이라면 조소는 안에서부터 밖으로의 방법이라 할 수 있지요. 이를 다시금 문학 작품에 비유한다면 조소는 산문 쓰기의 방법이 될 것이고 조각은 시 쓰기의 방법입니다. 시를 쓰려면 최대한 언어를 간소화해서 최소의 것만 남겨야 합니다.

좋은 시, 아름다운 시, 주옥같은 시들은 이처럼 뺄셈의 공식에 성공한 시들입니다.

그 시는 독자의 가슴에 남아 오래도록 깊은 울림을 줍니다.

동백

1
짧게 피었다 지기에
꽃이다

잠시 머물다 가기에
사랑이다

눈보라 먼지 바람 속
피를 삼킨 통곡이여.

2
봄이 오기도 전에
꽃이 피었다
너를 생각하는
나의 마음
눈 속에서도 붉은 심장을
내다 걸었다.

시에 사랑하는 마음을 넣어서 쓰면

그 시가 사라지지 않는 한

사랑하는 사람도 영원히 살아남는 거라고 합니다.

바로 바람이 계절을 바꾼다는 것입니다.
이것은 봄이라고 하는 생명의 탄생과 좋은 계절이 분명히
온다는 희망을 암시합니다. 그러니 기다리면 좋은 날이
반드시 온다는 것이지요.

5

마음속에 봄을 간직하면
반드시 봄이 찾아옵니다

푸르빛의 일몰
Coucher De Soleil À Pourville, Pleine Mer (1882)
Claude Monet

산책

백합꽃 향기 너무 진하여 저녁때
대문이 절로 열렸네.

약속을 지키는 꽃

일찍이 헤르만 헤세는 '인생에서 가장 좋은 인생은 노년에 정원을 가꾸며 사는 삶'이라고 했습니다. 그 말처럼 헤세는 정원을 중요한 공간으로 생각했지요. 또한 그는 정원을 가꾸는 과정을 통해 자연과의 교감을 느끼며 창조적 영감을 얻었다고 고백했습니다. 1차 세계대전이 한창일 때 거주지를 매번 옮기면서도 정원을 가꾸고 몰두했습니다. 정원에서 일하고 빗자루를 들고 다니며 청소했지요. 우리나라 작가들 가운데서도 소설가 박경리는 텃밭의 잡초를 뽑으며 소설을 구상하고, 마음을 정화했다고 합니다.

오래전 풀꽃문학관이 생긴 후로 나도 정원 돌보는 일이 일과가 되었습니다. 그래서 그런지 내 시 중에는 유독 꽃을 소재로 삼은 시가 많습니다. 언젠가 문학관을 찾아온 한 손님이 내게 '그토록 꽃을 좋아하는 이유가 무엇인가'에 관해 물었습니다.

"꽃은 거짓이 없고, 약속을 잘 지키고, 아름다우니까요."

그제야 손님은 고개를 끄덕였습니다.

알고 보면 꽃은 한자리에서만 살지 않습니다. 조금씩 움직이면서 삽니다. 일년초들은 한 해만 살다 죽는 것 같지만,

씨앗을 남긴 후 이듬해 그 부근 어딘가에서 다시 태어나 새로운 생애를 살아갑니다. 이 얼마나 놀라운 일인가요. 사람은 한번 떠나면 다시 돌아오지 않지만, 꽃들은 반드시 약속을 지켜 돌아옵니다. 그것이 자연의 마음입니다.

내가 공주에 사는 이유

공주는 사계절이 모두 특별한 아름다움을 지니고 있습니다. 특히 봄과 가을은 절경을 이룹니다. 예로부터 '춘마곡春麻谷 추갑사秋甲寺'라는 말이 전해져 오는데, 이는 봄에는 마곡사가, 가을에는 갑사가 좋다는 의미입니다. 그만큼 풍경이 빼어나기에 이런 한자 성어가 생긴 것이겠지요.

오래된 도시, 공주에는 이 두 사찰이 모두 자리하고 있습니다. 봄에는 푸른 신록을 감상하기 위해 마곡사를 찾는 이들이 많고, 가을에는 붉은 단풍을 즐기러 갑사를 방문하는 관광객들이 절정을 이룹니다.

봄에는 신선한 연둣빛 새싹과 생기 넘치는 초록색 나뭇잎을 바라보며 살아야겠다고 다짐합니다. 가을에는 붉은 단풍과 낙엽을 보며 사랑하는 사람들이 아프지 않기를 기도하고 싶습니다.

행복을 발견하는 사람

뉴턴이 만유인력의 법칙을 발견한 때, 당시 유럽에는 흑사병이 창궐했다고 했다고 합니다. 뉴턴은 그때 영국 케임브리지 대학에서 공부하다 잠시 고향으로 돌아오게 되지요. 시골에 피신해 온 동안 그는 조용히 사색과 연구에 몰두했습니다. 그 결과 만유인력의 법칙을 발견하는 쾌거를 이루었지요.

어려운 시기에도 좌절하지 않고 자신만의 시간을 활용하여 원하는 것을 이루어 내는 것이 중요합니다. 행복은 타인이 정해주는 것이 아니라 스스로 만들어 가는 것이니까요.

주변의 시선이나 다른 사람과의 관계 때문에

고민하지 말고

오롯이 자신의 일과 목표에집중하도록 노력해야 합니다.

원하는 삶을 살기 위해서

반드시 거쳐야 할 고독한 시간입니다.

봄을 간직하면 봄이 된다

영국 시인 중에 '퍼시 비시 셸리Percy Bysshe Shelley'라는 시인이 있습니다. 영국을 대표하는 시인 중 한 사람으로 그의 부인은 소설 《프랑켄슈타인》을 쓴 메리 셸리입니다. 29세의 짧은 나이로 요절한 시인 퍼시 비시 셸리는 「서풍부」라는 유명한 시를 썼지요. 그 시는 장시인데 마지막 부분에 이런 구절이 있습니다.

'예언의 나팔수인 오, 바람이여! / 겨울이 오면 봄도 멀지 않으리.'

이것은 뻔한 내용 같지만, 내용 전체를 읽어보면 이 구절이 굉장히 아름다운 의미를 담고 있다는 것을 알 수 있습니다. 바로 바람이 계절을 바꾼다는 것입니다. 이것은 봄이라고 하는 생명의 탄생과 좋은 계절이 분명히 온다는 희망을 암시합니다. 그러니 기다리면 좋은 날이 반드시 온다는 것이지요.

프랑스 시인 폴 발레리도 그의 시 「해변의 묘지」 끝부분에 이런 문장을 썼습니다. '바람이 분다. 살아야겠다.' 우리는 바람이 불면 모자를 붙잡거나, 옷깃을 여미거나 방으로 들어가 바람을 피해야겠다고 생각합니다. 그런데 그 시인은 이렇게 말했습니다. '살아야겠다'고.

우리가 마음속에 봄을 간직하고 봄을 살아가며 사랑하고
느끼면 봄은 반드시 찾아옵니다.

기쁨

난초 화분의 휘어진
이파리 하나가
허공에 몸을 기댄다

허공도 따라서 휘어지면서
난초 이파리를 살그머니
보듬어 안는다

그들 사이에 사람인 내가 모르는
잔잔한 기쁨의
강물이 흐른다.

신은 시골을 만들고 인간은 도시를 만들었다

수많은 사람들이 "도시, 도시로!"를 외치면서 도시로 몰려갑니다. 하지만 나는 시골이 좋습니다. 공주라는 지방 소도시에서 평생을 살면서 아주 많이 행복했습니다. 영국 속담에 이런 말이 있지요. '신은 시골을 만들고 인간은 도시를 만들었다.' 그러니 그 말대로라면 나는 신이 만든 땅 위에서 계속 살아온 셈입니다.

비우고 떠나면 향기롭다

옛날 학교 선생을 하던 시절, 여름 한철 태풍이 휩쓸고 간 운동장에 떨어진 나뭇잎들을 긁어모아서 태우곤 했어요. 아직 푸른 엽록소가 남아 있는 잎들을 태우면 역겨운 냄새가 코를 찌릅니다. 조금 더 살 수 있는데 생살을 태우는 것처럼 냄새도 몸부림을 치며 비명을 지르는 것이지요.

반면 가을날 탈색되고 말라 떨어진 낙엽을 모아 태우면 꼬숩고 향기로운 냄새가 납니다. 아주 가볍게 활활 타오르지요. 그건 모두 비워내고 떠나기 때문입니다. 사람도 인생도 마찬가지입니다. 비우고 가면 참 향기롭습니다.

작을수록 좋다

사랑의 말은 작을수록 좋습니다.

가까이 귓속말로 둘이서 알아듣기만 하면 되니까요.

약속 또한 작은 약속이 소중합니다.

어떠한 약속도 지켜져야만 하는 것이니까요.

날마다의 소망도 작은 것일수록 좋습니다.

문제는 그 소망을 제대로 이루면서 사느냐 아니냐 하는 것
입니다.

작고 사소한 꿈과 목표가 좋습니다.

단기간에 실천 가능한 목표가

즉시 행동에 옮기기 좋습니다.

작은 성공이 쌓여 큰 성공을 이루는 밑걸음이 되니까요.

나를 만드는 너

'별의 시인'하면 윤동주 시인을 떠올리지만, 아이러니하게도 윤동주 시인은 '별'이라는 제목으로 시를 쓰지 않았습니다. '별 헤는 밤'이라는 시를 썼을 뿐이죠. '별'이라는 제목의 시를 쓴 사람은 바로 나태주입니다. 하지만 누구도 저를 '별의 시인'이라고 부르지는 않습니다. 이처럼 시인은 특정 단어, 이미지로 기억되는 경우가 많습니다.

'나그네 시인'은 박목월 시인입니다. '모란꽃 시인'은 김영랑 시인이죠. 하지만 요즘 학생들은 김영랑 시인 대신 '김영란법'을 떠올립니다. 안타까운 현실입니다.

시인은 생전에 아무리 명성이 자자했더라도, 사후에 그의 시가 오랫동안 사람들에게 사랑받고 기억되기는 매우 어렵습니다. 한두 편의 시라도 사람들의 기억 속에 남을 수 있다면 다행일 정도입니다. 따라서 우리는 겸손해야 합니다. 중요한 것은 나 스스로 완성되는 것이 아니라, 너에 의해 완성된다는 사실입니다.

예스터데이, 투데이 앤드 투머로우 꽃

미국이라는 먼 나라에 여행을 갔을 때입니다. 그곳에 거주하는 한 여성 작가의 안내로 아름다운 식물원을 방문한 적이 있습니다. 그곳에서 나는 매우 인상적인 이름의 꽃나무 하나를 발견했습니다. 그 나무의 이름은 '예스터데이, 투데이 앤드 투머로우Yesterday, Today and Tomorrow'였습니다. 다소 긴 이름을 가진 꽃나무는 여성 작가의 설명에 따르면 꽃이 피는 날에 따라 색깔이 변한다고 합니다. 파란색, 하얀색, 다홍색으로 바뀐다고 했습니다. 그러니까 꽃나무의 이름처럼 어제의 꽃잎 빛깔이 다르고 오늘 핀 꽃이 다르고 또 내일 필 꽃이 제각각 다르다는 것입니다. 그 이야기를 듣고 나는 가슴이 서늘해졌습니다. 한 나무에 공존하는 어제와 오늘과 내일의 시간이 다를 수 있다니. 하지만 분명 그것은 한 나무에서 일어나는 사건이었습니다.

우리의 인생도 마찬가지입니다. 시간이 지나면서 꽃의 빛깔이 달라지지만 결국 우리는 그것들과 동행하며 한 나무의 삶을 살아가고 있습니다. 혼자 외롭다고, 힘들다고 슬퍼하지 않길 바랍니다. 모든 사람들이 마음에 저마다의 꽃나무를 품은 채 살고 있으니까요.

붓꽃

1
바라보는 눈길에도
끌려올 듯
고요로운 숨결에도
사라질 듯
소녀여,
오월
바다 물빛 그리워
까치발 딛고 섰는.

2
붓꽃 피는 오월이면
떠오르는 한 이름이 있다
가늘은 기적 소리에도
귀를 세우던
희미한 뻐꾸기 울음에도
살갗에 소름이 돋던

붓꽃 피는 오월이면

그리워지는 한 얼굴이 있다

잎 피는 소리에도 눈이 밝아지던

꽃이 지는 몸짓에도

한숨을 짓던.

춘화현상

호주에 사는 한 교민이 오랜만에 고국을 다녀가는 길에 개나리 한 가지를 꺾어 돌아가 자기 집 정원에 옮겨 심었습니다. 그런데 일 년이 지나고 그 이듬해에도 그다음 해가 되어도 묘목은 자라기만 할 뿐 꽃을 피우지 않았지요. 나중에 알고 보니, 그것은 '춘화현상' 때문이었습니다. 겨울과 같은 저온 상태를 거쳐야만 꽃을 피우는 것을 춘화현상이라고 하는데 호주는 따뜻한 나라여서 혹독한 겨울이 없었기 때문입니다. 개나리뿐만 아니라 백합, 히아신스, 튤립, 수선화, 라일락 등도 마찬가지라고 합니다.

우리네 인생도 고난이 필요합니다. 그래야 눈부시게 꽃을 피울 수 있습니다. 그렇다고 일부러 고난을 겪을 필요는 없지만, 지금 힘들고 어려움을 겪는 사람들은 반드시 나중에 좋은 날이 올 것이라는 것을 믿고 참고 이겨내시기 바랍니다. 좋은 날은 반드시 옵니다.

봄에는 신선한 연둣빛 새싹과 생기 넘치는 초록색 나뭇잎을 바라보며
살아야겠다고 다짐합니다.
가을에는 붉은 단풍과 낙엽을 보며
사랑하는 사람들이 아프지 않기를 기도하고 싶습니다.

오늘은 내가 살아야 할 세상의 날 중 첫날입니다.
내가 얼마나 더 살게 될지는 모르지만,
내 남은 날의 총량이 얼마나 될지는 모르지만,
남은 날의 첫날이라는 사실만큼은 확실합니다.

6

오늘 하루도
잘 살았다

베퇴유 근처 센 강가
Les bords de la Seine près de Vétheuil (1881)
Claude Monet

어이 나태주!

이제 어쩔 수 없이 내리막길.

천천히 가세.

조심해서 가세.

쉬엄쉬엄 가세.

더러는 가다가 발밑에 떨어져 있는

아름다운 햇살 같은 낱말도 주워가면서 가세.

더러는 흐리지만 하늘도 보고 산도 보고

물소리, 풀벌레 소리에도 귀를 맡기면서

사람의 일로만 안달복달하지 말고

자네 안에 다락같이 쌓여 있는 쓰레기 더미들도 부리면서

가세.

지쳐서는 안 되네.

고른 숨 쉬면서 가세나.

내 이름은 나태주

내 이름은 나태주입니다. 아버지가 지어주신 이름이지요. 첫 이름은 수웅秀雄이었어요. 나는 1945년 광복의 해 태어나 일본식으로 수웅이라는 이름을 갖게 되었지요. 초등학교와 중학교를 거쳐 고등학교에 다닐 때까지 그 이름으로 불렸습니다. 그러다가 고등학교 2학년 초에 아버지가 다시 새로운 이름을 지어주셨지요. 집안의 돌림자 항렬에 맞춰 '기둥 주柱'를 넣고 그 앞에 '클 태泰' 자를 넣어서 '태주'로 개명을 해주셨습니다. 집안의 큰 기둥이 되라는 소망이 담겨있는 이름이지요.

초등학교 교사 시절, 어느 날이었어요. 비 오는 날 퇴근을 하려고 나왔는데 어디선가 아이들의 목소리가 들렸습니다. "나 좀 태워 주." "나 좀 태워주세요." 처음엔 이게 무슨 소린가 했습니다. 그런데 나중에 알고 보니 아이들이 내 이름을 가지고 장난을 치는 것이었어요. 그런데 문득 그 말이 예사롭게 들리지 않았습니다. 아주 기발한 이름 풀이로 여겨졌어요. 그래서 생각했지요. 내 이름이 '나 좀 태워주세요'니까 나는 앞으로 자동차 없이 살아도 좋겠구나. 그 농담이 예언이 되어 지금껏 나는 자동차 없는 인생을 살고 있답니다.

해마다 새해

올해도 특별한 새해다. 한 해가 온다는 건 매일의 태양과 365개의 달님을 공짜로 받는 것이다. 그리고 별과 물소리와 새소리, 나비, 구름과 푸른 하늘을 한 해 동안 다시 누릴 수 있다. 우리는 새해를 맞으면서 이미 엄청나게 많은 선물을 받았다. 위기와 실패, 절망은 늘 그다음 것을 찾는다. 탈출과 성공, 희망이다. 새해엔 많은 사람들이 더 많은 희망을 찾아 나선다. 벅차고 힘들더라도 한 걸음 한 걸음 씩씩하게 즐겁고 좋은 마음으로 나아가야 한다. 앞을 바라보고 희망을 만들어 나가면 내일은 향기로 가득 찬 하루가 찾아올 것이다. 그러면 다시 365개의 새로운 아침을 맞는 새해가 기적처럼 밝아 온다. 그래서 새해는 기적이다.

오늘은 남은 날의 첫날

오늘은 내가 살아야 할 세상의 날 중 첫날입니다. 내가 얼마나 더 살게 될지는 모르지만, 내 남은 날의 총량이 얼마나 될지는 모르지만, 남은 날의 첫날이라는 사실만큼은 확실합니다.

아침에 일어나 이 세상의 첫날처럼 하루를 맞이하고 또 이 세상의 마지막 날처럼 오늘을 살아야겠습니다.

잠들기 전 기도

하나님
오늘도 하루
잘 살고 죽습니다
내일 아침 잊지 말고
깨워 주십시오.

✖

기도는 오늘의 반성이며 내일을 위한 다짐입니다.
그리고 신과 대화하는 시간이며
하루 하루의 유언이기도 합니다.
오늘 잠들기 전 나의 기도는 무엇일까요?

인생 삼여

옛말에 인생에는 세 가지 여유 있는 시간이 있다고 합니다. 인생삼여人生三餘란 말입니다. 옛사람들은 농업을 생계수단으로 하면서 살았습니다. 그리고 유교를 정신적 지침으로 삼았지요. 그 배경에서 생각하면 이해하기 쉽습니다. 하루 가운데 저녁 시간. 일 년 가운데 겨울철. 일생 가운데 노년. 그 세 가지 시간에 인생의 여유가 있다는 이야기입니다. 또 그렇게 살아야 한다는 충고로 들리기도 하고요.

옛사람들은 종일 들에서 일하고 집으로 돌아와 가족들과 식사를 한 후 여유로운 시간을 즐겼습니다. 요즘 흔히 하는 말로 일과 삶의 균형〔워라밸work-and-life balance〕 있는 삶, 즉 저녁이 있는 인생이지요.

그다음으로 겨울철입니다. 농사꾼들은 일 년 가운데 추수를 하고 겨울철이 되면 일에서 해방되어 비로소 휴식을 누릴 수 있었습니다. 그제야 나를 위한 취미생활을 누릴 시간이 주어집니다.

마지막으로 일생 가운데 여유로운 시간은 노년입니다. 노년. 늙은 사람의 시간. 노년기는 인생의 모든 숙제를 마치고 자신에게 집중할 수 있는 황금 같은 시기이기 때문입니다.

행복해지는 방법

젊을 때는 내가 아주 많이 불행하다고 느꼈습니다. 사실 불행한 게 아니라 불행하다고 생각한 것이었지요. 지금 나는 행복한 것이 아니라 행복하다고 생각합니다. 늙어서 더 행복하다고 말하곤 합니다.

행복도 연습이며 학습이 필요합니다. 저녁때, 돌아갈 집이 있다는 것, 외로울 때 혼자서 부를 노래 있다는 것……. 그것을 쉼 없이 연습하고 학습하고 깨달을 때, 행복은 비로소 내 것이 됩니다.

'오늘'이라는 선물

하늘 아래 제가 받은 가장 큰 선물은 바로 오늘입니다. 지금, 이 순간, 7시 반에서 8시로 흘러가는 이 오후도 우리에게 주어진 단 하나뿐인 소중한 선물입니다. 오늘은 22일, 내일은 23일입니다. 오늘이라는 날은 제가 이 세상에서 살아갈 인생 전체를 놓고 볼 때, 그 시작점인 '첫날'이자, 늘 새로운 마음으로 시작하는 '새날'입니다. 내일 역시 마찬가지입니다. 비록 하루가 줄어들지만, 여전히 내일은 남은 인생의 첫날이자 새로운 시작을 의미합니다.

그렇다면 오늘, 우리는 어떤 존재일까요? 저는 오늘, 그 첫날과 새날을 살아가는 '첫사랑'이자 '새사람'이라고 생각합니다.

너는 천사, 여기는 천국

미국 시인 에밀리 디킨슨의 시 중에 「옆집에 사는 천사」라는 작품이 있습니다.

지상에서 천국을 찾지 못한 이는
하늘에서도 천국을 찾지 못할 것이다.
우리가 어디를 가든 간에 천사들이 우리 옆집을 빌리기 때문이다.

이 시처럼 우리는 천사가 되려고 노력할 때만이 천사가 될 수 있습니다. 천국을 꿈꾸지 않고 지상에서 천국을 살아보지 못한 사람은 천국에 가서도 그곳이 어딘지 알지 못합니다. 살아있으면서 이 지상에서 천사를 만나보지 못한 사람은 천국에 가서도 천사를 알아보지 못할 것입니다. 그렇기 때문에 우리는 애써서 천국에 살아보려고 노력하고 함께 살아가는 사람을 천사라고 생각해야 합니다. 그래야 먼 훗날 진짜 천사가 우리 옆집으로 이사를 오기 때문입니다.

그러므로 다른 사람에게 나도 천사가 되도록 노력해야 합니다.

당신이 오늘 잘한 일

당신이 오늘 당신 자신을 위해 가장 잘한 일은 세상에서 여전히 살아있는 목숨인 일이고, 누군가를 만난 일이고, 무슨 일인가를 열심히 한 것입니다.

당신이 오늘 세상에 가장 잘한 일은 무엇인가를 슬퍼하기도 하고, 누군가를 위해 좋은 마음을 갖기도 하고, 조그만 일에 정성을 다한 일입니다. 숨어서 기도를 한 일입니다.

그렇습니다. 당신이 오늘 세상에서 가장 잘한 일은 사랑하지 못할 사람을 사랑한 일이고, 나아가 그리워하기까지 한 일입니다. 그것은 작은 일이 아니고 거룩하기까지 한 일입니다.

그 사람이 분명 당신을 위해 길이 되고 등불이 되고 내일을 여는 꿈이 될 것입니다. 기어코 그 사랑이 세상의 길이 되고 등불이 되고 꿈이 될 것을 믿어야 합니다.

사는 일

오늘도 하루 잘 살았다
굽은 길은 굽게 가고
곧은 길은 곧게 가고

막판에는 나를 싣고
가기로 되어 있는 차가
제시간보다 일찍 떠나는 바람에
걷지 않아도 좋은 길을 두어 시간
땀 흘리며 걷기도 했다

그러나 그것도 나쁘지 아니했다
걷지 않아도 좋은 길을 걸었으므로
만나지 못했을 뻔했던 싱그러운
바람도 만나고 수풀 사이
빨갛게 익은 멍석딸기도 만나고
해 저문 개울가 고기비늘 찍으러 온 물총새
물총새, 쪽빛 날갯짓도 보았으므로

이제 날 저물려 한다
길바닥을 떠돌던 바람도 잠잠해지고
새들도 머리를 숲으로 돌렸다
오늘도 하루 나는 이렇게
잘 살았다.

스승 같은 친구

사실, 나는 나이가 들었음에도 호기심이 많고 새로운 것을 배우고 싶어 하는 열정이 강한 사람입니다. 얼마 전 정신과 전문의와 만나면서 스스로 배우고 귀 기울이는 사람이 되었습니다. 특히 요즘 사람들의 정신적 문제에 대해 많은 것을 묻고 배웠습니다.

중국 명나라의 사상가 이탁오가 말한 "사우師友"는 '스승 같은 벗이 아니면 벗이 아니고, 벗 같은 스승이 아니면 스승이 아니다'라는 뜻입니다. 그는 나에게 완벽하게 어울리는 인물로, 우리는 서로 스승이자 벗이었습니다.

사람은 타인에 의해 변화하며 인생이 바뀝니다. 따라서 사람과의 만남은 매우 소중합니다. 그러나 인생 후반부에 그런 사람을 만나는 것은 쉽지 않습니다. 그럼에도 나는 운 좋게도 좋은 사람들을 많이 만났습니다. 만약 내가 후반부에 타인 감수성을 고려하는 시를 썼다면, 그것은 스승 같은 벗 덕분일 것입니다.

걱정해서 걱정을 없앨 수 있다면
걱정할 것이 없겠네!

오늘날 사람들은 자존감이 부족하다고 합니다. 스스로를 인정하고 칭찬하는 마음이 부족한 것이죠. 세상이 너무 빠르게 변하고, 비교하는 문화가 만연해 있기 때문입니다.

티베트나 히말라야 산기슭에 사는 사람들의 행복 지수가 높은 이유는 뭘까요? 비교할 대상이 없기 때문입니다. 우리는 흔히 남한과 북한을 비교하면서 대개 남한이 더 행복하리라 생각하지만, 실제로는 북한의 행복 지수가 더 높습니다. 그들은 비교할 대상이 없기 때문입니다. 북한 주민들이 수령에게 충성을 맹세하며 감격에 겨워 우는 것이 그 증거입니다.

우리의 행복 지수가 낮은 이유는 비교할 것이 너무 많고, 정부에 대한 불만이 많기 때문입니다. 따라서 우리는 스스로 자존감을 높이기 위해 노력해야 합니다. '나도 괜찮다'라고 스스로를 다독여야 합니다. 티베트 속담에 이런 말이 있습니다.

"걱정해서 걱정을 없앨 수 있다면 걱정할 것이 없겠네."

즉, 걱정한다고 해결될 일이 아니니 걱정하지 말라는 뜻입니다. 우리는 너무 많은 것을 걱정하고, 너무 많은 일에 관여하며 분개합니다. 자신과 관계없는 일은 그냥 흘려보내는 연습이 필요합니다.

✖

할리우드의 유명 배우 짐 캐리는 한 대학 졸업식 연설에서
"절대 두려움이 열정으로 가득한 마음을
외면하게 만들지 마십시오!"라고 했습니다.
걱정과 두려움이라는 괴물은
내가 성장하고 발전하는 것을 원치 않는답니다.

사는 것이 여행

우리의 삶은 하나의 여행입니다.
여행 또한 우리 삶의 일부입니다.
다만 여행이 목적과 기간과 행선지가 뚜렷한 일회적이고
단기적인 데 비해 삶은 가는 길이 불명료하고 연속적이고
장기적이라는 것이
다르다면 다르겠지요.
그러므로 우리는 여행하듯 살고
삶을 누리듯 여행해야 합니다.

늘 감사하고 매사에 만족하라

살아가면서 자주 만족을 느껴야 행복할 수 있습니다.

그렇다면 어떻게 해야 만족할 수 있을까요?

충분한 만족을 위해서는 먼저 감사하는 마음이 필요합니다. 작은 일에 감사하고, 반복되는 일상에서도 감사함을 느끼며, 주변 사람들을 긍정적으로 바라볼 때 감사의 마음이 생겨납니다. 이 감사의 마음이 만족감을 불러옵니다.

따라서 감사하는 마음은 만족감의 마중물과도 같습니다. 감사가 만족을 이끌어내면, 사람은 자연스럽게 기쁜 마음에 이르게 됩니다. 이 기쁜 마음이 바로 행복을 초대하는 원동력입니다.

나이가 든다는 것

살다 보면 나이가 들어서 자신이 생각했던 것보다 훨씬 더 먼 곳에 도달할 수 있습니다. 나이가 들면서 무언가를 이루기 위해 포기하고, 버리고, 양보할 수 있게 되는 것 같습니다. 또, 겸손해지기도 합니다. 티베트 속담 중에 이런 말이 있습니다. "뜻을 이루었다면 몸을 낮추고, 뜻을 잃었다면 고개를 들어라." 뜻을 이루었다고 해서 교만해질 필요는 없고, 뜻을 잃었다고 해서 주눅들 필요도 없습니다.

마이너리그라서 행복합니다

평생 나는 자동차를 사지 않았습니다. 두 발로 뚜벅뚜벅 걸어 다니거나 마실을 나갈 때는 자전거를 타곤 했지요. 그래서 아직 두 다리에 근육이 붙어 있습니다. 시골에서 살면서, 자동차도 없고, 평생 초등학교 교사를 하면서 시를 쓰고 살았으니, 누가 보더라도 여지 없이 마이너리그 인생을 산 셈입니다. 하지만 나는 누구보다 행복합니다.

시계 선물

나는 정말로 좋아하는 사람이 생기면 꼭 시계를 선물합니다. 결코 값비싼 고급 시계가 아니고 그저 평범한 시계입니다. 시계 속에는 무한한 시간이 들어있기 때문입니다. 귀한 사람에게 이 시간을 선물하는 것입니다.

시계 선물

시계를
드리고 싶어요

시계를 보며
오래오래 나를
생각해달라고

아닙니다
나 없는 세상에서도
오래오래 잘 살아달라고.

사소한 날의 기적

사흘만 산다는 목숨이 20년을 더 살았습니다. 내가 중환자
실에 있을 때 밖에서는 장례 준비를 하고 있었지요. 그러
니 지금 나는 두 번째 삶을 살고 있는 것입니다.
기적이란 우리가 기적의 한가운데 있을 때는 알아차릴 수
없는 것입니다. 기적이 내 몸을 지나가고서야 내가 인생을
두 번 살게 되었다는 것을 알았습니다.
잠시 멈춰 마음을 우두커니 바라보면 기적이 보입니다. 넘
어져서 일어서는 것, 아침에 눈을 떠 세수하는 것, 밖에 나
갔다가 집으로 돌아오는 것. 모든 움직임이 다 기적입니다.

우리는 스스로 자존감을 높이기 위해 노력해야 합니다.

'나도 괜찮다'라고 스스로를 다독여야 합니다.

지금이 가장 좋은 때입니다.

삶이 너무 절망적이어서 지금이 바닥이라고
생각하는 사람이 있다면
가만히 고개를 들어 위를 바라보세요.
거기에 미소 짓고 있는 신의 얼굴이 있답니다.

7

나로 시작해서
너로 넓어지는 삶이 되기를

제우포스의 기차
Le train à Jeufosse (1884)
Claude Monet

혼자 하는 경기

인생은 여럿이 함께 하는 경기가 아니고 혼자 하는 일인 단독 경주입니다. 경쟁 상대는 바로 나 자신입니다. 그래서 모두가 승자이고 패자는 없습니다.

독일 시인 괴테는 이런 말을 했습니다.

'인생은 속도가 아니고, 방향이다.'

속도가 중요한 이유는 상대를 이겨야 하기 때문이지요. 상대보다 앞서 달려야 내가 승자가 될 테니까요.

하지만 경쟁자가 없는 경기에서는 목적지를 향해 올바르게 달리는 것이 중요합니다. 속도보다 방향이 승리의 열쇠입니다. 어디를 향해 달릴 것인가. 내가 바라보는 곳은 어디인가. 그곳을 향해 묵묵히 달려가길 바랍니다.

너도 그렇다

내가 쓴 시 중에서 가장 널리 알려진 작품은 「풀꽃」입니다.
사실 풀꽃은 보잘것없는 존재를 의미하죠. 겨우 풀꽃에 불
과하니까요. 실제로 '풀꽃'이라는 종은 존재하지 않습니다.
풀에 피는 모든 꽃을 일컫는 말이죠. 마치 '나무꽃'과 같은
표현입니다. 풀과 꽃을 결합하여 만들어 낸 단어인데, 어느
순간부터 풀꽃은 작고, 향기도 없고, 가치 없는 존재, 버려
진 존재를 상징하게 되었습니다.

그런 풀꽃도 자세히 오래 보면 예쁘고 사랑스럽다고 노래
했더니, 독자들이 공감해 주셨습니다. 특히 마지막 구절인
"너도 그렇다"를 더욱 좋아해 주셨습니다. 24자로 이루어
진 짧은 시이지만, 핵심은 아이들도 알다시피 "너도 그렇
다"에 있습니다. 만약 이 구절이 없다면 그저 평범한 시에
불과할 것입니다.

"너도 그렇다"는 어떤 말로도 대체할 수 없습니다. "나만
그렇다"라고 하면 안 되고, "너도 그럴까?"라고 하면 썰
렁하며, "너는 아니다"라고 하면 화가 날 것입니다. '너'를
빼놓고 말하면 몹시 서운할 것입니다.

세 가지 불행

성리학을 삶의 표본으로 삼던 우리의 조선 시대에 '남자의 세 가지 불행'으로 다음의 것들을 꼽았다고 합니다. 조선 시대보다 차별이 없는 요새 세상 식으로, 바꿔 생각하면 이것은 비단 남자에게만 국한된 이야기가 아니므로 '인간의 세 가지 불행'이라 말할 수 있겠습니다.

첫째는 소년少年 고등과高登科. 둘째는 부모 음덕蔭德으로 음직蔭職을 하는 것. 셋째는 말을 유창하게 잘하는데 글도 유려하게 잘 쓰는 것. 언뜻 들으면 이 모두는 칭찬받아 마땅한 일이고 또 좋은 일들입니다.

그런데 왜 이것을 불행이라고 했을까요? 첫째, 어린 나이에 과거 시험에 합격〔급제〕하는 건 좋은 일이지만 그것이 그 사람에게 평생의 굴레가 되고 또 그를 자칫 오만하게 만드는 원인이 된다는 것입니다.

둘째는, 부모를 잘 만난 덕분에〔음덕으로〕 벼슬을 하는 것〔음직〕입니다. 실력 없는 사람이 높은 자리에 앉았으니 자기도 고생이고 함께 일하는 아랫사람들도 고생이라는 뜻입니다. 세 번째로, 언변이 뛰어나고 문장력까지 뛰어나 글을 잘 쓰는 것은 개인적인 자랑입니다. 그러나 그것은 그 사람을 불행하게 만드는 실마리가 될 수도 있다는 충고입니다. 사회 현실은 다르지만, 오늘날에도 생각해 볼 만한 교훈입니다.

보편성에 대하여

시공을 초월해 오래도록 많은 사람들에게 사랑받는 예술작품이나 문학작품을 보면 한 가지 공통점이 있습니다. 바로 '보편성'을 갖고 있다는 것입니다. '보편성'은 개인의 특수성을 잃지 않으면서도 많은 사람들에게 공감과 위로를 줄 수 있는 요소를 의미합니다. 예를 들어, 윤동주와 김소월 같은 시인들은 자신만의 독특한 경험과 감정을 표현하면서도, 그들의 작품이 널리 사랑받는 이유는 보편적인 인간의 감정을 담고 있기 때문입니다.

특정 인종이나 개인의 특성은 특수성이지만, 그들이 공유하는 감정이나 경험은 보편적입니다. 예를 들어, 모든 사람은 어머니를 사랑하고 그리워하는 감정이 있으며, 이는 인종이나 배경과 관계없이 공통으로 느끼는 것입니다.

문학과 예술은 이러한 보편성을 추구해야 하며, 특수성을 잃지 않으면서도 더 많은 사람들에게 다가갈 방법을 모색해야 합니다. 결국, 시나 문학작품은 유명해지는 것보다 유용해지는 것이 중요하며, 독자에게 위로와 희망을 주는 것이 보편성을 갖는 길이라고 할 수 있습니다.

나로 시작해서 너로 넓어지는 것. 그것이 보편성입니다.

행복

저녁때
돌아갈 집이 있다는 것

힘들 때
마음속으로 생각할 사람 있다는 것

외로울 때
혼자서 부를 노래 있다는 것.

아는 사람은 실천하는 사람

우리가 '안다'고 말할 때는 두 가지 의미가 있다고 생각합니다. 하나는 '지식으로 안다'는 것이고, 다른 하나는 행동으로 '할 줄 안다'는 것입니다. 흔히 말하는 지행합일(知行合一. 지식과 행동의 일치)이 바로 여기에서 비롯된 개념이지요. 진정으로 아는 사람이 되려면 단순히 지식으로만 아는 것이 아니라, 행동과 생활 속에서 그 지식을 실천할 수 있는 사람이어야 합니다.

맑아지는 시간

세월이 약이라는 말처럼, 흙탕물도 시간이 지나야 맑아집니다. 공주의 중심을 가로지르는 금강은 창벽을 적시고 공산성과 고마나루를 흘러갑니다. 예로부터 시인 묵객들이 창벽에 올라 바라보던 도도하고 아름다운 금강도 홍수가 지면 무서운 흙탕물로 변하지만, 며칠 혹은 일주일 정도 지나면 다시 맑은 물로 돌아옵니다. 자연의 자정작용과 같은 이치입니다. 이 시대에 진정으로 필요한 것은 이러한 자정작용처럼 사회를 맑게 만드는 선한 영향력을 가진 사람들이 많아지는 것이 아닐까, 생각합니다.

풀과 꽃

'손절孫絶'이라는 말은 본디 '대를 이을 자손이 끊어짐'을 의미합니다. 그런데 요사이 우리가 흔히 사용하는 '손절手絶'이란 말은, 인간관계를 끊는다는 의미로 쓰입니다. 오늘날 사람들은 쉽게 관계를 맺고, 아니다 싶으면 빛의 속도로 관계를 정리해요. 이것을 '손절했다'라고 표현하지요. 중국 송대의 유학자로 '주자학'을 집대성한 주자朱子는 이렇게 적었습니다.

若將除去無非草약장제거무비초, **好取看來總是花**호취간래총시화

나쁘다고 하여 베어버리려고 하면 풀 아닌 게 없고, 좋다고 취하려 하면 꽃 아닌 게 없다. 즉, 미워하려고 들면 밉지 않은 사람이 없고, 사랑하려고 하면 사랑스럽지 않은 사람이 없다는 의미입니다. 감정적으로 인간관계를 손절하기 전에 잠깐만이라도 한번 생각해 보면 어떨까요?

성공의 정의

성공이란 자기가 되고 싶은 사람이 되는 것입니다. 자기가 잘하고 좋아하는 일을 찾아내어 그 일을 평생 그치지 않고 계속해서 청소년 시절에 꿈꾸었던 자기를 늙은 나이에 만나는 것, 그것이 내가 생각하는 성공입니다.

『그릿GRIT』의 저자인 미국 심리학자 앤절라 더크워스 교수는 자신의 책에서, 성공하기 위한 가장 중요한 인자因子를 '끝까지 포기하지 않고 노력하는 열정'이라고 밝혔습니다. 그것이 성공의 비결이라고 했습니다. 그러니까 재능 곱하기 노력의 제곱이 성공의 공식이라는 말이지요.

그렇게 한 우물을 파다 보면 끝내 내가 그토록 원하는 나를 만날 수 있다고 생각합니다. 그런 점에서 나는 아직도 내가 만나고 싶은 나를 만나러 가는 중입니다.

낮은 자리에서 부처의 미소를 본다

일본 교토에 있는 '광륭사廣隆寺'라는 사찰을 방문한 적이 있습니다. 광륭사는 그 지역에서 가장 오래된 사찰로 일본 사람들이 국보 1호로 칭하는 '목조 미륵반가사유상'이 있습니다. 알고 보면 이 부처는 과거 신라에서 보내준 것인데 우리나라의 국보인 '금동미륵반가사유상'과 매우 흡사한 모습을 하고 있습니다. 나는 기독교인이지만 교토에 가면 이 반가사유상을 보러 일부러 광륭사를 찾곤 합니다.

불상이 모셔져 있는 방은 본당의 뒤편에 있는 공간입니다. 어두운 실내 한가운데 유리 상자 안에 반가사유상이 있습니다. 어른 키보다 낮은 자리에 모셔져 있는 그 작은 불상은 수천 년의 세월을 견뎌온 모습이 참으로 경이롭게 느껴졌습니다. 나는 눈높이를 맞추고 한참 동안 그 불상을 바라보았습니다.

그러나 어둠 속에서인지 부처의 얼굴은 다소 우울하게 보였습니다. 반가사유상은 출가를 고민하는 왕자의 형상으로, 온갖 고뇌와 번뇌에 사로잡힌 표정이라고 들었기에, 어두운 안색은 그 고민으로 인한 것이라 생각했습니다. 나는 몸을 조금 더 구부리고 다시 얼굴을 들여다보았습니다.

그러자 이전보다 조금 더 밝아진 듯한 표정을 발견할 수 있었습니다.

이상하게도 내가 자세를 낮출수록 부처의 얼굴이 점점 환해지는 기분이었습니다. 쪼그리고 앉아서 보다가 결국 바닥에 털썩 주저앉아 부처를 올려다보았습니다. 그랬더니 놀랍게도 부처가 나를 내려다보며 웃고 있었습니다. 그 미소를 보고 얼마나 놀랐는지 모릅니다.

보는 위치에 따라서 이렇게 부처의 표정이 달라 보일 수도 있구나. 거기서 나는 큰 깨달음을 얻었습니다. 중요한 것은 바로 내 자세였습니다. 자기를 낮추는 사람만이 부처의 미소를 볼 수 있었던 것입니다. 또한 서서 내려다볼 때가 아닌 땅바닥에 주저앉았을 때 비로소 부처는 미소를 보여주었습니다.

삶이 너무 절망적이어서 지금이 바닥이라고 생각하는 사람이 있다면 가만히 고개를 들어 위를 바라보세요. 거기에 미소 짓고 있는 신의 얼굴이 있답니다.

자비로운 마음

내가 쓴 시 중에 「이 가을에」라는 시가 있습니다. 아주 짧은 시입니다.

　아직도 너를 사랑해서
　슬프다.

단 두 행으로 이루어진, 한 문장의 시입니다. 이 시는 부처님의 '자비심'이라는 주제를 바탕으로 창작한 것입니다. 사랑할 자慈와 슬플 비悲로 이루어진 단어. 이는 곧 부처님의 마음이기도 합니다. 사랑해서 슬프다는 말입니다. 슬프지 않은 사랑은 사랑이 아니라고 생각합니다.

요즘 많은 사람이 어렵고 힘들다고 얘기합니다. 내 곁에 있는 사람이 우울하고 슬프다고 말하면, '마음이 어두운 사람은 가까이하고 싶지 않아'하면서 외면하지 말고 '어떻게 하면 내가 조금이나마 도와줄 수 있을까'하는 생각을 하면 좋겠습니다.

"네 곁에 내가 있어"라는 무언의 지지,
또는 "네 이야기를 들어줄 준비가 되어 있어"라는
따뜻한 말 한마디가 어둠 속 작은 빛이 되어줍니다.

스스로에게 엄격하라

우리가 알고 있는 시인 중에 청록파 시인 '조지훈' 선생이 있습니다. 경북 영양군에 있는 조지훈 선생의 생가인 호은 종택壺隱宗宅에서는 370년 동안 대대로 이런 가훈이 내려오고 있다고 합니다.

바로 삼불차三不借라는 것입니다. 삼불차란 즉 세 가지를 불차한다, 세 가지를 빌리지 않는다는 뜻입니다. 첫째는 재불차財不借로 돈을 다른 사람에게서 빌리지 않고, 둘째는 인불차人不借로 사람을 빌리지 않고, 셋째는 문불차文不借로 문장을 빌리지 않는다는 말입니다. 이 가훈은 그의 조상인 호은 조전趙佺 선생 때부터 쭉 지켜져 왔다고 합니다.

돈을 빌리지 않고 살기는 참 어려운 일입니다. 나도 살면서 돈을 여러 번 빌리며 살았습니다. 두 번째 항목의 인불차는 사람을 빌리지 말라, 이 말은 양자를 들이지 말라는 의미라고 합니다. 그래서 자녀들을 건강하게 잘 양육하고 교육하는 것이 중요하다는 걸 강조합니다. 세 번째 문불차, 문장을 빌리지 말라는 말은 자기의 실력을 중요시한

말입니다. 이 말처럼 조지훈 선생의 후손들은 한국의 석학
이 되었고 세계적인 학자로 성장했습니다. 집안의 약속을
지키기 위해서 그들은 부단히 자기 스스로에게 엄격한 삶
을 살았을 것입니다.

홍익인간과 훈민정음

한국 사람으로 태어난 것이 행운이며, 여섯 살부터 한글을 배워 책을 읽고, 열다섯 살부터 시 쓰는 사람이 되겠다고 다짐해 26세에 시인이 돼 80살 가까이 시와 더불어 살아온 날에 감사한 마음일 뿐입니다. 나는 우리나라에서 가장 위대한 두 분으로 단군 임금과 세종 임금을 꼽습니다. 단군 임금의 홍익인간弘益人間 이념은 전 인류를 위한 위대한 가르침이고, 세종 임금의 훈민정음訓民正音은 시인들이 마음속으로 새겨 꼭 지켜야 할 지침이라 생각합니다. '백성을 가르치는(인도하는) 바른 소리' 그것 자체가 시라고 생각하고 시인들은 자신들의 시가 훈민정음이 되도록 해야 한다고 생각합니다.

오늘을 사랑하라

어제는 이미 과거 속에 묻혀 있고
미래는 아직 오지 않은 날이다.

우리가 살고 있는 날은 바로 오늘,
우리가 사용할 수 있는 날은 오늘,
우리가 소유할 수 있는 날은 오늘뿐.

오늘을 사랑하라.
오늘에 정성을 쏟으라.
오늘 만나는 사람을 따뜻하게 대하라.

오늘은 영원 속의 오늘,
오늘처럼 중요한 날도 없다.
오늘처럼 소중한 시간도 없다.

오늘을 사랑하라.
어제의 미련을 버려라.
오지도 않은 내일을 걱정하지 마라.

우리의 삶은 오늘의 연속이다.

오늘이 30번 모여 한 달이 되고
오늘이 365번 모여 일 년이 되고
오늘이 3만 번 모여 일생이 된다.

－토머스 칼라일

부끄러움을 안다는 것

나는 부끄러움을 아는 사람을 좋아합니다. 그래서 윤동주 시인을 누구보다 좋아하는지도 모르겠습니다. 윤동주를 떠올리면 예수님이 생각납니다. 정당한 죄목도 없이 감옥에서 죽어간 그는 속죄양 같은 죽임을 당했기 때문입니다. 늘 부끄럽다고 했던 윤동주에게 더 부끄러움을 느끼는 까닭입니다.

부끄러움과 창피함은 다릅니다. 누가 보지 않아도 자기가 못나고 부족한 것을 참회하는 것이 부끄러움이라면 창피하다는 건 남의 눈에 비친 내 모습이 처참하게 느껴지는 감정입니다.

자기 마음속에 있는 또 하나의 얼굴. 고통이든 기쁨이든 그 원인은 밖이 아니라 내 안에 있습니다. 그것을 볼 줄 아는 사람이 부끄러움을 아는 사람입니다.

시간 나이테

열대지방의 나무는 나이테가 없습니다. 나이테는 사계절이 뚜렷한 지역에서 형성되는 시간의 무늬이지요. 계절에 따라 나무는 비와 폭풍, 바람, 뜨거운 햇볕 속에서 나이테를 새겨갑니다.

해외여행 중 교포분들과의 만남에서 자주 느끼는 안타까움이 있습니다. 그분들께서 생각하는 고국에 대한 인식이 매우 단편적이라는 점입니다. 이민자들은 고국을 떠날 당시의 오래된 기억이나 짧은 방문 경험으로만 한국을 기억하고 있습니다. 예를 들어, 한 교포분은 미국에서 화장지를 마음껏 쓸 수 있다는 경험이 큰 감동으로 남아 있었지만, 고국에 대한 기억은 물자가 부족한 가난한 나라라는 고정관념뿐이었습니다.

현재 우리나라 사람 중에 그런 생각을 하는 사람은 아무도 없습니다.
그 교포분은 이미 미국인이 되어 긴 세월 동안 형성되는 한국의 시간 나이테가 없어진 상태였던 거지요. 이는 그가 한국인으로서의 지식과 경험이 부족하고, 이제는 외국인으로서의 새로운 나이테만을 갖고 있음을 의미합니다.

우리들의 마음에 새겨진 선명한 시간의 무늬는 서로서로 닮았습니다. 참 아름다운 일입니다.

작고 평범한 일상을 성실히 가꿔가는 삶이
가장 귀하고 아름답습니다.
그럼 사람은 어떤 시련에도 흔들리지 않는
단단한 내면의 심지를 갖고 있습니다.
그것이 바로 경쟁력이고 힘입니다.

한 사람이 이룬 큰 변화

인생을 살아가면서 '무엇'을 하느냐보다 '어떻게' 하느냐가 중요하다고 생각합니다. 과거 교장으로 재직할 때의 일입니다. 황일철이라는 분이 계셨는데, 당시에는 조무원이라는 직책으로 학교에서 청소와 심부름을 담당했습니다. 그는 성실하고 훌륭한 청년이었고, 제가 주례를 설 정도로 아꼈습니다.

황일철 씨가 다른 학교로 전근을 한 후, 일주일 만에 학교에 변화가 생겼습니다. 쓰레기가 눈에 띄게 늘어난 것입니다. 알고 보니 황일철 씨는 매일 아침 일찍 출근하여 학교의 쓰레기를 남몰래 청소했던 것입니다. 그가 떠난 후, 학생들은 쓰레기가 치워지지 않은 환경에 익숙해졌고, 청소 구역 담당자조차 쓰레기 청소를 소홀히 하게 된 것입니다. 결국, 저는 교감 선생님과 상의하여 청소 도구를 다시 꺼내 학생들과 함께 청소를 시작했습니다. 그제야 황일철 씨 한 사람이 해왔던 일의 가치를 깨달았습니다. 교장인 저보다 궂은 일을 묵묵히 해내는 황일철 씨가 학교에 더 필요한 존재였던 것입니다. '무엇'을 하는가도 중요하지만, '어떻게' 그 일을 수행하는가가 얼마나 큰 차이를 만들어 낼 수 있는지 깨닫게 해준 경험이었습니다.

져주는 사람이 되자

다른 사람을 이기고, 자기 자신을 이기는 사람이 성공한 사람일까요? 그렇게 생각하지 않습니다. 자기한테 자기가 슬그머니 져줄 줄도 아는 그런 사람이어야 스스로 충분히 반짝일 줄 아는 사람이 될 수 있습니다.

질 줄 아는 것도 마음의 능력입니다. 그건 마음의 넓이, 유연함, 너그러움이 있어야 가능한 일입니다.

내가 하기 싫은 일을 남에게 시키지 말라

"己所不欲 勿施於人 기소불욕 물시어인"

내가 하기 싫은 일은 남에게도 시키지 말라는 뜻입니다.
이 말은 『논어』에 「위령공」편에 나오는 구절입니다. 공자
뿐 아니라 인류의 스승들이 끊임없이 강조해 온 가르침입
니다. 하지만 현실에서는 그렇지 못한 경우가 많습니다.
일부 교사들은 학생들에게 하기 싫은 일을 떠넘기려 하고,
며느리는 시아버지에게 부당한 부탁을 하기도 합니다.

공무원 역시 공무원이라는 자리가 자기 피부가 아닌 옷이
라는 것을 알아야 합니다. 그 옷을 벗으면 더 이상 자신의
것이 아니며, 다른 사람이 그 자리를 대신하게 됩니다. 하
지만 많은 사람이 그 자리가 자신의 살점인 양 착각하고
권위적인 태도를 버리지 못합니다.

"己所不欲 勿施於人"을 실천하는 것은 매우 중요합니다. 남
에게 혁신을 강요하면서 자신은 변하지 않으려는 태도는
옳지 않습니다. 우리는 타인을 존중하고 배려해야 합니다.
반갑고 고마운 마음을 표현해야 합니다. 잘해주는 사람에
게 고마움을 느끼고, 기쁜 일이 있어야 삶이 풍요로워집니
다. 기쁨이 없는 삶은 불행으로 이어질 수밖에 없습니다.

소나무에 대한 감상

사철 푸르고 변함없음이 좋았다
기상이 맘에 들었다
우리 풀꽃문학관에도 그래서
소나무를 다섯 그루나 심었다
그러나 10년을 두고 보니
그게 아니었다
도무지 곁을 내주지 않는 나무였다
소나무 부근에 귀한 풀꽃을 심었는데
하나도 살아남지 못하는 거였다
두메양귀비, 하얀 할미꽃, 금낭화, 복수초
골고루 심었지만 하나도 살아남지 못했다
그야말로 혼자만의 고집, 독야청청이요
독선이었다
나는 이제 소나무에 대한 지지를 거두어들인다
그렇다고 나무를 뽑겠다는 말은 아니다
다만 지지를 거두어들이고 애정을 철회한다는 말이다.

헝그리와 앵그리

젊은 시절엔 나에게도 나름대로 헝그리와 앵그리가 있었을 것입니다. 그러나 지금은 아닙니다. 일부러라도 그것들을 내려놓아야 합니다. 대신에 맑고 가벼운 생각을 많이 가져야 하고 시 또한 그래야 마땅합니다. 인생에 대한 불만을 감사와 만족으로 바꾸어야 합니다.

나는 행복한 사람

내 삶은 굴곡 없이 잔잔하게 흘러온 가늘고 긴 여정입니다. 하지만 나는 내 인생이 더없이 좋았습니다. 어제가 그러했듯, 오늘도 충만하며 내일은 더욱 빛날 것이라 믿습니다. 요즘 '미생'이나 '취준생'이라는 단어들을 들으면 마음이 아립니다. 우리 때는 그저 묵묵히 힘든 시간을 견뎌냈는데, 이제는 아픔을 대변하는 말까지 생겨났으니 더욱 안타깝습니다. 부디 힘내십시오. 그럼에도 불구하고 자신의 삶을 긍정하고, 스스로를 아끼며, 오늘보다 더 나은 내일을 향한 희망을 놓지 않으시길 바랍니다.

우리는 모두 행복할 권리가 있고, 또 행복해야 한다고 생각합니다. 우리는 행복할 의무, 가치, 자격이 충분히 있습니다. 그러므로 우리 모두, 행복해집시다. 행복해지기 위해 노력합시다. 행복한 사람이 됩시다.

인생의 비극은

오래전, 학교 선생을 할 때 서울의 한 교육기관에 출장을 갔는데, 그곳 강당의 벽에 쓰여 있던 글입니다. 공책에 베껴와 가끔 꺼내 읽고 하던 시입니다. 시를 쓴 시인의 이름이 없습니다. 학교의 선생만이 선생이 아닙니다. 이런 글은 더욱 소중한 인생의 선생이 되기도 합니다.

인생의 비극은
목표에 도달하지 못한 것이 아니라
도달할 목표가 없는 데에 있습니다.

꿈을 실현하지 못한 채
죽는 것이 불행이 아니라
꿈을 갖지 않는 것이 불행입니다.

새로운 생각을 하지 못한 것이 불행이 아니라
새로운 생각을 해보려고 하지 않을 때
이것이 불행입니다.

하늘에 있는 별에 이르지 못하는 것이

부끄러운 일이 아니라

도달해야 할 별이 없는 것이

부끄러운 일입니다.

결코 실패는 죄가 아니며

바로 목표가 없는 것이 죄악입니다.

ㅡ무명 시인

인생 사계

'사계四計'라는 말이 있습니다. 사전적으로 '네 가지 계획'
이라는 의미가 있습니다. 우리 인생에 적용하면 참으로 광
범위한 지침입니다.

1계: 오늘 하루의 계획은 새벽〔아침〕에 있다.
2계: 일 년의 계획은 설날 아침에 있다.
3계: 일생의 계획은 부지런함에 있다.
4계: 한 가정과 사회의 계획은 화목함에 있다.

그 의미를 생각해 볼수록 절로 감탄이 나오는 가르침입니
다. 반평생이 넘도록 나는 이 의미를 몰랐습니다. 국어사전
을 펼쳐보다 알게 되었습니다. 나이 오십이 넘어 비로소 발
견한 인생의 진리입니다. 그때라도 알게 되어 다행입니다.

세 가지 소원

청년 시절, 내게는 세 가지 소원이 있었습니다. 첫 번째는 시인이 되는 것, 두 번째는 예쁜 여자와 결혼하는 것, 세 번째는 공주에서 뿌리를 내리고 사는 것이었습니다.

이후, 신춘문예에 시가 당선되어 시인이 되었고 지금껏 시를 쓰며 살고 있으니 첫 번째 소원은 이룬 셈입니다.

그다음으로 많은 여자들에게 거절당했지만 결국 한 여성을 만나 결혼해 아들과 딸을 얻었으므로 두 번째 소원도 이루어졌지요.

마지막으로 고향은 충남 서천이지만, 40년이 넘도록 현재까지 공주에 살고 있으니 세 번째 소원도 성취했다고 할 수 있습니다.

허황한 꿈을 꾸지 않은 덕분에 나는 내 노력으로 꿈을 다 실현할 수 있었습니다. 청년 시절, 품었던 구체적인 소망 덕분입니다.

저녁에

저녁에 잠든다는 건
내일의 소망을
가슴에 안는다는 일이고

오늘의 잘못들을
스스로 용서하고
잊는다는 것이다.

다시 시작하기에 늦은 시기는 없습니다.
아무도 되돌아가서 새 출발을 할 수는 없지만,
누구나 지금부터 시작해서
새로운 끝을 만들 수는 있습니다.

성공이란 자기가 되고 싶은 사람이 되는 것입니다.
자기가 잘하고 좋아하는 일을 찾아내어 그 일을 평생 그치지 않고
계속해서 청소년 시절에 꿈꾸었던 자기를 늙은 나이에 만나는 것,
그것이 내가 생각하는 성공입니다.

희망이 있는 사람은 살아야 할 이유가 있습니다.
사랑하는 사람은 살아남을 이유가 있습니다.
해야 할 일이 있는 사람에게는
내일을 기다릴 이유가 있습니다.

8

희망이 있는 사람은
살아야 할 이유가 있습니다

라바쿠르의 센강 일몰, 겨울 풍경
Soleil couchant sur la Seine à Lavacourt,
effet d'hiver (1880)
Claude Monet

아홉 번째 시작

아홉 번 실패했다면, 아홉 번 시작한 것입니다. 그렇다면 왜 열 번째 시작을 망설이는 걸까요? 아홉 번 실패했다는 것은, 바꿔 말하면 아홉 번이나 시작했다는 의미입니다. 이는 여덟 번 실패한 사람보다 더 잘했다는 뜻은 아니지만, 적어도 더 많이 노력했다는 증거입니다.

다시 말해, 아홉 번의 실패를 통해 우리는 아홉 가지나 '이렇게 하면 안 된다'는 교훈을 얻은 것입니다. 그러므로 다음에 다시 시도하면 더 크게 성공할 가능성이 있는 겁니다. 자신을 믿으세요.

인생은 '이렇게 하면 안 된다'는 것을 배우고 깨닫는 과정이랍니다.

젊은이들에게

첫째, 부지런해라.

둘째, 기록하기를 즐겨라.

셋째, 녹차를 자주 마셔라.

－다산 정약용

첫째, 어느 분야에서든 최고의 달인이 돼라.

둘째, 경쟁자를 국내에서 찾지 말고 세계에서 찾아라.

셋째, 사익보다 공익에 힘써라

－김태길 교수

위의 조언은 조선 시대의 철학자 다산 정약용 선생의 말씀이고, 뒤는 서울대학교 철학과 교수였던 김태길 교수가 한 말입니다. 시대 차는 있지만 깊이 되새겨보면 일맥상통하는 내용입니다. 오늘날의 젊은이들에게 인생 지침이 되었으면 좋겠습니다.

열정이 필요하다

헨리 데이비드 소로가 『월든』이란 책에서 썼듯이 "천둥 번개가 칠 때 다른 사람이 헛간이나 수레 아래로 숨는다면, 너는 흰 구름 밑으로 숨어라." 이 말은 어떤 의미일까요?

위기가 닥칠 때 사람들은 본능적으로 몸을 숨깁니다. 그것이 가장 안전한 선택이기 때문입니다. 그러나 벼락이 떨어지는 상황에서 오히려 위기의 한가운데로 들어가라는 것은 현실적인 접근 방법이 아닙니다. 이는 비유적인 표현으로, 어떤 최악의 상황에서도 포기하지 말고 정면으로 맞서 돌파하라는 충고입니다. 가끔은 바보처럼 우직하게 자신의 자리를 지키는 것도 좋은 방법이 될 수 있습니다. 불안한 상황에서도 묵묵히 자신이 가야 할 길을 걸어가는 사람은 반드시 언젠가 목표에 도달할 것입니다.

인생

애야, 너는 머리가
좋은 아이가 아냐

노력을 하니까
그만큼이나 하는 거야

어려서 외할머니
그 말씀이 나의 길이 되었다.

위대한 예술

시인 T.S 엘리엇은 말했습니다.

"위대한 시인은 훔치고 졸렬한 시인은 빌린다"

여기에서 훔친다는 것은 완전히 내 것으로 가져온다는 것을 의미합니다. 가져오기는 했으나 그 사람의 흔적이 지워지고 내 것으로 바뀐 겁니다. 이 얘기를 다시 피카소가 바꾸어 말했습니다.

"유명한 화가는 베끼고 위대한 화가는 훔친다!"

역시 같은 의미의 말입니다. 그래서 나는 어딜 가나 이렇게 말합니다.

"졸렬한 시인이 되지 말고 위대한 시인이 돼라."

사람을 훔치고 물건을 훔치고 돈을 훔치면 벌을 받지만, 누군가의 아이디어를 완전히 내 것으로 훔쳐서 내 것을 만들면 그것은 온전히 내 것이 되는 겁니다.

호기심이 있는 사람은
새로운 것을 알고자 하는 욕구가 강합니다.
배우고 탐구하는 일을 게을리 하지 마세요.
배우려고 했는데 포기한 일이 있다면
지금 다시 시작해보세요.

자신과의 약속을 지켜라

인생은 짧습니다. 우리네 사람들은 흔히 다음 약속을 기약할 때 '밥 먹자'라는 말을 많이 사용하는데, 참 듣기 좋고 정겨운 말입니다. 예전엔 나도 지나가는 소리로 '밥 한번 먹자'는 말을 많이 하곤 했습니다. 하지만 지금은 잘 하지 않습니다. 할 일은 많고 내게 주어진 시간이 많지 않음을 알기 때문입니다.

중국의 지도자였던 덩샤오핑도 칠십 세가 되었을 때 자기의 생이 이제 얼마 남지 않았다고 말했습니다. 그러면서 그는 '인생칠십고래희'라는 말을 자주 인용했다고 합니다. 칠십 세를 다른 말로 고희古稀라 부르기도 합니다. 이 말은 중국의 유명한 시인 두보杜甫가 쓴 곡강曲江이란 칠언율시七言律詩의 앞부분에 나오는 '인생칠십고래희人生七十古來稀'에서 유래된 말입니다.

조정서 돌아오면 날마다 봄옷을 저당 잡혀朝回日日典春衣
매일 강가에 나가 만취해 돌아온다네每日江頭盡醉歸
가는 곳마다 외상 술값이 널렸네酒債尋常行處有

예로부터 인생 칠십은 드물다 하네人生七十古來稀

(두보, '곡강曲江')

'곡강曲江'이라는 시는 두보가 곡강 가에서 해가 저문 봄날 인생의 덧없음을 한탄하며 지은 것입니다. 거기서 칠십 세까지 삶을 영위하는 사람이 드물다고 했습니다. 그런데 지금 나는 칠십을 훌쩍 넘은 나이에 아침 7시가 되기 전 하루를 시작하곤 합니다. 살아가기 위해서입니다. 머물러 있으면 언젠가 멈추게 될 시간이 오기 때문에 끊임없이 움직이려고 하는 것입니다.

열정이 만든 기적

좋아하는 일을 한다는 것은 매우 중요한 일입니다. 몇 년 전 작고한 이어령 선생은 10년 동안이나 꽤 긴 투병 생활을 하셨습니다. 그런 후 돌아가셨는데 놀랍게도 그분이 영원히 눈을 감고 난 후 이후에도 한동안 직접 쓴 새로운 책들이 폭포수처럼 쏟아져 나왔습니다.

무슨 일이 있었던 것일까요. 선생은 아픔 속에서도 쉴 새 없이 글을 쓰셨다고 합니다. 의자에 앉아 컴퓨터로 글을 쓸 기력이 없어지자, 나중에는 노트에 손 글씨를 썼는데 거기에는 기억을 더듬기 위해 그려 넣은 삽화까지 있었습니다. 나중에 손으로 글을 쓸 기력이 없어지니 녹음을 했다고 합니다. 스물두 시간 동안 진통제를 먹고 몸부림치면서도 글 쓰는 일을 멈추지 않았습니다. 그것이 아픔을 잊게 할 만큼 좋아하는 일이었기 때문입니다.

좋아하는 일을 한다는 것은, 이처럼 자기도 모르게 잠재된 생명력으로 놀라운 재능을 발휘하게 합니다.

세 가지 이유

희망이 있는 사람은 살아야 할 이유가 있습니다.

사랑하는 사람은 살아남을 이유가 있습니다.

해야 할 일이 있는 사람에게는 내일을 기다릴 이유가 있습니다.

어린 낙타

마음속에 낙타 한 마리
살고 있었네
어리고도 순한 낙타
세상물정 모르고
오직 세상한테
사랑받기만을 꿈꾸던 낙타

쉽사리 세상한테
사랑받을 수 없었네
타박타박 걸으며 걸으며
어른 낙타가 되었고
늙은 낙타가 되었네

가도 가도 목마른 날들
팍팍한 발걸음
세상은 또 하나의 사막
어디에도 쉴 만한 그늘은 없고
주저앉을 의자 하나

마련되어 있지 않았네

오늘도 늙은 낙타 사막을 가네
물 없는 길 사랑 없는 길
세상한테 사랑받고 싶은 마음 하나
세상 속으로 길 떠나네
사막의 길 걷고 또 걷네.

꾸준함이 쌓여 비로소 견고해지고,

평범했던 노력들이 모여 비범한 결과를 만들어냅니다.

열정과 끈기의 불꽃이 당신의 미래를 밝혀줄 것입니다.

천직

앤절라 더크워스의 책『그릿』을 보면 세상의 밥벌이를 세 가지로 설명하고 있습니다. 첫째는 생업이고 둘째는 직업이고 세 번째는 천직입니다.

'생업'은 생계를 유지하기 위해 어쩔 수 없이 하는 일입니다. 예를 들어, 벽돌을 쌓는 일을 단순히 돈을 벌기 위한 수단으로 생각하는 경우입니다.

'직업'은 특정한 역할이나 직위에 대한 뚜렷한 인식을 가지고 일하는 것을 말합니다. 예를 들어, 집을 짓는 회사에서 과장이나 계장으로서의 책임을 느끼며 일하는 경우입니다.

마지막으로 '천직'은 자신이 지금 하고 있는 일을 단순한 생계 수단이 아니라, 더 큰 목적이나 소명 의식을 가지고 수행하는 것입니다. 예를 들어, 벽돌을 쌓는 일이 하나님의 성전을 짓는 일이라고 생각하는 경우입니다. 소명 의식을 가진 일이 바로 '천직'이라는 것입니다.

더크워스는 열정과 끈기로 소명의식을 갖고 일할 때, 즉 '천직'에 종사할 때 더 큰 성공을 할 수 있다고 말합니다.

늙지 않는 비결

1947년 노벨문학상을 수상한 프랑스의 소설가 앙드레 지드는 이런 말을 했어요. "시인은 오얏 열매, 자두 열매를 보고서도 감동할 줄 아는 사람이다."

평범한 과일 한 알에도 호기심이 동하고 궁금증을 느끼고 탐색하다 보면 끝내 거기서 새로운 것을 발견하게 됩니다. 시인은 그것을 보고 감동하는 것이지요. '신로심불로身老心不老'입니다. 몸은 늙었지만, 마음은 늙지 않습니다.

호기심, 생명의 원천

호기심이 많은 사람은 쉽게 늙지 않습니다. 궁금증이 생기면 그것을 즉각 찾아봐야 하기 때문입니다. 벌떡 일어나 제 눈으로 직접 확인해야 합니다.

그런데 아무리 나이가 젊어도 이것을 미루고 주저앉으면 노인과 다를 바 없습니다. 나는 호기심이 숨바꼭질과 보물찾기를 오가는 마음이라고 생각합니다. 어린아이처럼 숨고, 들키길 기다리면서 지치지 않는 마음. 어딘가 보물이 숨겨져 있을 거라 믿고 희망을 찾아다니는 기쁨. 그것이 생명력의 원천이라고 생각합니다.

인생을 묻는 젊은 벗에게

인생이란 무엇인가?
어떻게 사는 인생이 좋은 인생인가?
제대로 아는 사람이 몇이나 되고
답을 말해줄 사람 몇이나 될까?

인생이 무엇인지 알지 못해도
사람들은 지금까지 좋은 인생을 살다 갔고
앞으로도 사람들은 좋은 인생을
살다 갈 것이다

그야말로 인생은 무정의용어
그냥 인생이면 인생인 바로 그것
하루하루 열심히 살아보는 거다

슬퍼할 일을 슬퍼하고
기뻐할 일을 기뻐하고
괴로워 할 일을 괴로워하면서
순간순간을 정직하게

예쁘게 살아보는 거다

그러다 보면 저절로
인생이 인생다워지고
인생이 무엇인지 알게 되지 않을까!

인생이 무엇인지 묻는 젊은 벗이여
인생은 그냥 인생
인생은 그냥 너 자신
열심히 살아보자
삶 그것이 그대로 인생이 아니겠는가.

희망이 있는 사람은 살아야 할 이유가 있습니다.

사랑하는 사람은 살아남을 이유가 있습니다.

해야 할 일이 있는 사람에게는 내일을 기다릴 이유가 있습니다.

너를 아끼며 살아라

초판 1쇄 인쇄 2025년 6월 2일
초판 1쇄 발행 2025년 6월 12일

글 나태주
펴낸이 하인숙

기획총괄 김현종
책임편집 김선영
마케팅 김미숙
디자인 studio forb

펴낸곳 더블북
출판등록 2009년 4월 13일 제2022-000052호
주소 서울시 양천구 목동서로 77 현대월드타워 1713호
전화 02-2061-0765 **팩스** 02-2061-0766
블로그 https://blog.naver.com/doublebook
인스타그램 @doublebook_pub
포스트 post.naver.com/doublebook
페이스북 www.facebook.com/doublebook1
이메일 doublebook@naver.com

© 나태주, 2025
ISBN 979-11-93153-71-0 (03810)